Ombre de moi-même

Jimmy Planche

En application de l'art. L137-2-I. du code de la propriété intellectuelle, toute reproduction et /ou divulgation de parties de l'œuvre dépassant le volume prévu par la loi est expressément interdite.

© 2026 Jimmy PLANCHE

Édition : BoD · Books on Demand, 31 avenue Saint-Rémy, 57600 Forbach, bod@bod.fr

Impression : Libri Plureos GmbH, Friedensallee 273, 22763 Hambourg (Allemagne)

ISBN : 978-2-3225-9499-3

Dépôt légal : Janvier 2026

À ma mère, (Toi qui m'as appris, même en t'éloignant, à rester debout)

Toi qui n'aimais ni l'ombre ni le bruit,

Partie sans heurts, sans grand discours,

Trois semaines à défier la nuit,

Et puis le vide, et puis le jour.

Le foie a cédé, comme un destin moqueur,

Toi qui fuyais l'alcool, l'excès,

Tu as plié, discrètement, sans peur,

Sans drame, sans cri, sans regret.

J'étais ton fils, unique garçon,

Dans une mer de voix féminines,

Notre lien, un mélange de fusion et de raison.

Faisait danser nos racines.

Mes filles ne t'auront que par récits,

Par photos, par fragments d'amour,

Et pourtant, dans chaque mot que j'écris,

Tu vibres encore, chaque jour.

Ce livre, c'est un peu toi aussi,

Un peu de ton silence et de ta lumière,

Un pot-pourri de rires et de soucis,

Un souffle de toi dans cette dernière prière.

Prologue

Je suis Pierre, et je viens de mourir.

Cette phrase semble absurde, n'est-ce pas ? Elle l'est encore plus pour moi. Parce que la mort, c'était ma terreur, ma plus grande phobie : la thanatophobie, comme disent les spécialistes. Une peur si ancrée qu'elle m'a accompagné toute ma vie.

Et me voilà… mort. Ironique, non ? Moi qui faisais tout pour l'éviter.

Cette peur m'a saisi jeune. J'avais six ans quand les premières questions ont surgi : Pourquoi ? Où va-t-on ? Qu'y a-t-il après ? Mon chat, Pupuce, il est au ciel ? Ça fait quoi, de mourir ?

Mes parents répondaient avec ces phrases rassurantes qu'on dit aux enfants : "Ne t'inquiète pas, c'est loin, tu as le temps."

Mais moi, je n'étais pas dupe. Je sentais qu'ils esquivaient la question, qu'ils ne savaient pas plus que moi. Et ce mystère me terrifiait.

À l'école, mes interrogations dérangeaient.

Pas moi, non, mais les adultes. "Il est trop jeune pour penser à ça."

Alors, ils m'envoyaient voir le psychologue scolaire.

Il m'écoutait avec bienveillance, mais dans son attitude, je lisais toujours la même impuissance. "La mort, jeune homme, c'est une partie de la vie."

Une phrase creuse, un concept abstrait. Rien qui puisse calmer mon esprit. Ces mots flottaient un instant, comme des bulles de savon, avant d'éclater sous le poids de mes questions.

Puis, à dix ans, il y a eu mon premier enterrement : celui de ma grand-mère maternelle.

On m'avait habillé d'un costume trop grand, avec une chemise qui grattait le cou.

J'étais assis entre mes parents, mais mes yeux ne quittaient pas la boîte. Ce cercueil en bois clair, posé là. Toute la cérémonie, j'ai attendu un signe, une légère vibration, un souffle, quelque chose, mais finalement, il n'y a rien eu.

L'adolescence n'a rien arrangé. Les questions sont devenues des angoisses. Les angoisses, des crises. Ça pouvait surgir à n'importe quel moment : une pensée fugace, une phrase dans un film, et mon cœur s'emballait.

Je suffoquais, une sueur glacée me coulait dans le dos, mon esprit était pris dans un piège transparent. J'avais trouvé une parade : les listes. Énumérer tout ce que je pouvais contrôler.

« Ne pas oublier de vérifier le gaz. »

« Toujours boucler sa ceinture. »

« Ne jamais marcher trop près du bord du trottoir. »

Comme si dresser des colonnes d'actions pouvait me protéger du néant.

Mais on ne contrôle pas l'inévitable, n'est-ce pas ?

Je suis là. Ou plutôt, je flotte au-dessus de mon propre corps.

Là, en bas, je vois mon enveloppe inerte, étendue sur les pavés de la cour. Une mare sombre s'élargit lentement autour de ma tête.

Mes yeux, autrefois vifs, sont maintenant éteints sous un ciel indifférent. Un contraste saisissant entre ma peau livide et le rouge profond de mon sang. C'est une image irréelle. Une scène dont je suis à la fois l'acteur et le spectateur.

Soudain, ma femme rentre du travail. Des pas précipités résonnent sur le pavé. Son visage passe de l'inquiétude à l'horreur instantanément. Je veux lui dire : "Ne t'approche pas, Line."

Ne me vois pas comme ça. Mais aucun son ne sort. Elle se précipite, tombe à genoux, ses mains tremblantes cherchant désespérément un souffle, un battement.

Sa bouche forme des mots que je n'entends pas. Elle me supplie de revenir.

Et moi… je ne peux rien faire.

Le poids de sa douleur est insoutenable. Plus violent encore que la peur que j'ai traînée toute ma vie.

Et nos enfants ?

Tim, avec ses questions incessantes, toujours avide de comprendre le monde.

Léna, petite tornade lumineuse, se blottissait contre moi tel un refuge.

Que vont-ils devenir sans moi ?

C'est ça qui me retient ici. Je le sais. Tant qu'il reste des questions sans réponses, tant que ma vie – ou ma mort – pèse encore sur eux, je ne peux pas partir. Il y a quelque chose que je dois comprendre. Quelque chose que je dois affronter.

Je suis Pierre, et je viens de mourir. Mais mon histoire n'est pas encore terminée.

Chapitre 1 : Les dernières ombres

Je suis décédé.

C'est une vérité que j'ai encore du mal à accepter.

Ce matin, la ville se couvre d'un ciel terne, gris, en berne. L'église, austère sous ses pierres anciennes, se dresse devant la petite foule rassemblée pour mes funérailles. Les cloches viennent de sonner ; elles invitent ma famille et mes proches à entrer. Dehors, un léger vent soulève les pans des manteaux noirs et emporte les souffles émus de mes proches, comme si la vague d'air tentait de prendre leur peine pour la disperser au loin. Les vitraux colorés confèrent à l'édifice une ambiance solennelle. Ils laissent filtrer des traits de lumière timides, donnant à l'endroit un climat presque surnaturel. Les bancs de bois lustrés craquent sous le poids des invités endeuillés, venus me dire adieu.

Bien que je ne puisse plus sentir la texture du bois, je décèle en revanche la tension, l'émotion et la tristesse qui pèsent dans l'air.

Une odeur de cire et d'encens se mêle à celle des lys blancs, soigneusement disposés près de l'autel.

Ces fleurs, souvent associées au deuil, semblent presque me narguer de leur blancheur éclatante.

Au premier rang, je l'aperçois : Line, celle que j'ai aimée plus que tout, qui porte aujourd'hui une robe noire qui épouse sa silhouette avec une élégance déchirante. Ses cheveux châtain clair, mi-longs, retombent sur ses épaules avec une sobriété inhabituelle, et son visage, d'ordinaire si lumineux, est ravagé par les cernes et la tristesse.

À ses côtés, mes enfants se tiennent droits, dans une sorte de pudeur et de retenue silencieuses. Tim, 12 ans, garçon curieux et intelligent, semble captivé par les fissures du sol, comme si leur enchevêtrement cachait une réponse qu'il n'osait chercher. Léna, 10 ans, pose la main sur l'avant-bras de sa mère, cherchant un réconfort qu'elle-même a désespérément besoin de trouver.

Je donnerais tout pour pouvoir, ne serait-ce qu'une seconde, serrer leurs mains dans les miennes, leur dire que je suis là, que je veille sur eux.

L'office religieux commence. Le prêtre, d'une voix grave, entame des prières que je ne peux plus saisir totalement. Les mots me parviennent comme à travers un voile sonore, parfois limpides, parfois étouffés. Je distingue des mouvements discrets dans l'assemblée. Certains pleurent franchement, d'autres demeurent pétrifiés dans un silence qui en dit long sur leur peine ou leur trouble.

Thomas, mon ami d'enfance, est assis un peu plus loin. Sa grande carcasse ne suffit pas à dissimuler son air désemparé.

D'habitude si solide, si prompt à rire et à blaguer, il paraît aujourd'hui minuscule sur ce banc trop grand pour lui.

Son attention oscille entre Line et mon cercueil, comme s'il cherchait les réponses à une énigme qu'il ne parvient pas à résoudre. Le frisson de l'incompréhension glisse sur ses traits. Mel, l'une de mes trois sœurs, est assise près de lui. Grande et blonde, elle a des yeux d'un bleu clair, aujourd'hui bouffis par les larmes. Même à travers son chagrin, je constate qu'elle lutte intérieurement. Quelque chose la perturbe profondément, et cela va au-delà de ma simple disparition. Elle évite tout contact visuel avec mon épouse. Pourquoi ? J'aimerais le savoir.

Plus en retrait, je discerne d'autres personnes essentielles : Sophie, la collègue et amie de Line, au visage doux et déterminé ; Stéphanie, ma sœur aînée, dont l'énergie et la joie de vivre sont pourtant mises à l'épreuve aujourd'hui ; et enfin notre père, discret, presque effacé, comme souvent.

Dans le vestibule, Philippe, notre voisin, tourne en rond. Il se tient un peu en retrait. Son attitude m'interpelle : autrefois, il aurait été au premier rang pour soutenir la famille. Pourquoi cette distance aujourd'hui ?

Quand le prêtre achève sa prière, l'assemblée se lève pour un dernier hommage. Ma famille s'approche de mon cercueil.

Mon fils dépose un petit bouquet de fleurs, ma fille une lettre pliée en quatre. Sur le papier froissé, je déchiffre à peine quelques mots, un « Papa » griffonné maladroitement, entouré d'un cœur.

 Mon âme se serre à cette vision ; je comprends que je ne serai plus là pour lire leurs mots, ni pour répondre à leurs questions.

Line pose la main sur la surface lisse du cercueil, ferme les yeux, puis laisse échapper un sanglot retenu trop longtemps.

Le cortège funéraire quitte l'église et se dirige lentement vers le cimetière. Les pas étouffés résonnent sur le gravier, mêlés aux soupirs contenus et aux mouchoirs froissés. Le vent s'engouffre entre les branches nues des arbres, soulevant quelques feuilles mortes qui tournoient avant de s'échouer au sol. Devant nous, la fosse s'ouvre, béante, sombre, absorbant déjà la lumière du jour. Mon cercueil est suspendu au-dessus du vide. Les employés des pompes funèbres se positionnent de chaque côté, tenant fermement les cordes. Les gestes sont précis, habitués, dénués de la moindre hésitation. Lentement, méthodiquement, ils le font descendre. Le bois disparaît peu à peu sous l'ombre de la tombe.

Une étrange pensée me traverse. Est-ce ainsi que j'aurais voulu disparaître ? L'odeur de la terre humide, la sensation d'être emprisonné dans un espace clos… L'incinération aurait peut-être été plus juste, plus rapide, moins étouffante. Mais je n'en ai jamais parlé à Line. Parce qu'on pense toujours avoir le temps. On évite d'évoquer ces sujets, on reporte, on se dit que ce n'est pas pressé. Et puis, un jour, on n'a plus le choix. Maintenant, il est trop tard pour préférer quoi que ce soit.

Autour de la fosse, le chagrin pèse sur les épaules. Line garde les pupilles ancrées sur le cercueil, les lèvres serrées, comme si elle luttait pour ne pas s'effondrer. Tim a pris du recul, comme s'il cherchait à rendre la situation plus supportable en prenant de la distance.

Ses doigts crispent le tissu de son blouson. Il ne pleure pas, mais ses respirations sont courtes, précipitées.

Léna a baissé la tête, contemplant le sol sans vraiment le voir.

Elle triture nerveusement un petit galet ramassé au hasard sur le chemin, son pouce en frottant machinalement la surface rugueuse.

Un employé s'avance et tend une pelle à Line. Elle plonge la main dans le monticule de terre et laisse glisser une poignée sur le cercueil. Le bruit, mat, me transperce. Un à un, les autres l'imitent. Thomas avance le premier, les traits tendus. Mel suit, presque absente. Mon père, lui, hésite, puis effectue le geste dans un automatisme maladroit. Philippe, en revanche, reste figé. Il ne s'approche pas. Il analyse la scène.

Et c'est à cet instant que je l'aperçois : une silhouette isolée. Difficile de distinguer les détails, mais l'allure est masculine. Grand, emmitouflé dans un manteau sombre, une capuche rabattue sur la tête. Une écharpe masque le bas de son visage. Il observe. Il ne bouge pas. J'en ai la chair de poule. Qui est-ce ? Je veux voir son visage. Je tente de m'approcher, mais un poids impalpable s'abat sur moi. Une force m'agrippe, m'arrache à l'instant. Tout bascule.

La brume s'épaissit, la scène s'efface, le cimetière disparaît. Je suis projeté ailleurs.

Dans mon salon.

Chapitre 2 : L'écho du passé

Le salon me paraît à la fois familier et irréel. Je suis au milieu de ces murs d'un blanc immaculé, où deux grands miroirs, accrochés sur des pans opposés, agrandissent l'espace et accentuent cette sensation d'étrangeté. L'ambiance nordique, faite de bois clair et de plantes vertes, dégageait autrefois une impression de paix et de sérénité. Mais aujourd'hui, tout n'est plus que deuil et recueillement. On chuchote, on pleure, on console.

Ma chère et tendre est revenue la première, entourée de fleurs coupées, de couronnes et de cartes de condoléances. Elle s'efforce de remercier les uns et les autres, perdue dans des gestes mécaniques.

Tim et Léna restent près d'elle ; ils ne saisissent pas encore pleinement la portée de ce qui vient de se passer. J'aimerais tant les rassurer, les serrer contre moi.

Les invités échangent à voix basse, leurs paroles empreintes de tristesse et de respect. Je suis déjà devenu un souvenir. Je les entends parler de moi au passé, comme si je n'existais plus que dans leurs mémoires.

Thomas se tient un peu à l'écart. Il ressent de la compassion pour Line et les enfants, mais aussi quelque chose d'indéfinissable : du doute ? De la culpabilité ? J'ignore ce qui se trame dans son esprit. Il a toujours eu un tempérament protecteur envers moi. Je me demande s'il éprouve le sentiment d'avoir failli à une mission qu'il s'était, peut-être inconsciemment, attribuée.

Mel, ses yeux d'ordinaire pétillants, sont noyés par le chagrin. Chaque regard qu'elle lance autour d'elle semble en quête de réponses, comme si elle espérait surprendre un geste, un mot, qui éclairerait ma mort. Dans le même temps, elle évite obstinément de croiser Line. Quelque chose les oppose, une séparation silencieuse mais tangible. J'ignore encore ce que c'est, mais je pressens un secret enfoui quelque part, niché dans cette douleur. Je perçois des détails que je n'avais jamais remarqués auparavant : la lumière veloutée du matin filtrant à travers les rideaux, l'ombre des plantes projetée sur les murs, le tic-tac obsessionnel de l'horloge qui scande le temps comme un métronome.

Je me surprends à sentir des nuances d'odeurs : celle des cookies, qui flotte encore dans l'air, et celle du café moulu, vestiges d'un quotidien désormais révolu. Je nous revois, Line et moi, blottis l'un contre l'autre un samedi matin, rêvant de voyages, de projets, d'avenir. Je l'entends rire, un rire unique, mélodieux. Ces souvenirs me semblent soudain aussi précieux qu'un diamant.

Je revois aussi la naissance de Tim : ce fameux test de grossesse qu'elle m'avait tendu, toute excitée, dans un bungalow au bord de la mer. La sensation de bonheur pur que nous avions alors ressentie me réchauffe encore.

Tim, assis en tailleur sur le tapis, joue sur sa console portable. Ses yeux rougis me renvoient une image insupportable : la tristesse d'un enfant privé de repères, déstabilisé, orphelin d'un père.

Léna, plus sensible encore, n'a pas lâché la main de sa mère, la serrant si fort que Line en oublie sa propre peine. Je la vois trembler, retenue au bord des larmes. La force de leur lien me bouleverse.

La porte d'entrée s'ouvre sur Sophie. Sa présence me touche. Sophie est restée fidèle à notre famille. Elle offre à son amie une étreinte sincère, souffle quelques paroles apaisantes que je ne saisis pas complètement, mais dont je ressens la chaleur. Son arrivée adoucit l'atmosphère, l'espace d'un instant.

Elle s'assoit près de Thomas, et tous deux engagent une conversation discrète. Sophie a ce don de percevoir les non-dits. J'espère qu'elle saura percer le mystère de Mel, l'énigme de Thomas... ou, à défaut, saisir l'indice qui pourrait guider Line vers la vérité.

Soudain, ma grande sœur fait irruption. Fidèle à elle-même, elle illumine la pièce de sa présence tonitruante. Dans sa robe vive, ses boucles en cascade et son large sourire, elle tranche avec l'ambiance endeuillée. On pourrait presque lui reprocher sa joie apparente, mais ce serait mal la connaître.

Stéphanie a toujours su faire rire, même dans les instants les plus sombres. Et ce jour-là, elle reste fidèle à sa nature. Elle attrape son téléphone et propose un karaoké improvisé. L'assemblée, d'abord saisie de surprise, finit par se rallier à l'idée. Après tout, un soupçon de légèreté n'a jamais fait de mal. Les premières notes d'une chanson pop résonnent dans le salon.

Stéphanie, sans le vouloir, a enclenché un mode de modulation vocale qui déforme sa voix, la rendant tantôt aiguë, tantôt grave et métallique. Loin de s'en formaliser, elle en joue avec une aisance comique, se tourne vers son neveu et lance, sur un ton caverneux : « Je suis ta tante ! » Le fou rire est immédiat. Les rires éclatent, d'abord hésitants, puis sincères. Les enfants, silencieux depuis des jours, laissent enfin jaillir leurs gloussements. Même Line, un instant, esquisse un sourire avant de se rappeler l'horreur de la situation. Pendant quelques précieuses minutes, elle parvient à suspendre la gravité du moment. Son rire, semblable à une cascade de clochettes, me rappelle à quel point sa joie de vivre m'était précieuse.

Quand le karaoké se termine, l'après-midi est bien entamé. Chacun essaie de manger un petit four, de boire une boisson, mais l'appétit manque. Les discussions s'espacent, un mutisme respectueux s'installe.

Les invités partent peu à peu, laissant Line et les enfants seuls dans ce salon devenu sanctuaire de souvenirs douloureux.

Mon père, fidèle à lui-même, reste en retrait.

Il se racle la gorge, serre brièvement la main de sa belle-fille, marmonne quelques mots aux enfants, puis s'éclipse, presque honteux, comme s'il ne parvenait pas à affronter la réalité. Je perçois en lui du chagrin... et peut-être des remords.

Philippe s'avance à son tour, brièvement lui aussi. Il paraît nerveux, presque fuyant. De la crainte ? Ou bien peine sincère qui le paralyse ? Ma famille le remercie poliment, puis il s'éclipse en évoquant un impératif. Quelque chose me dérange. Il était si proche de nous. Presque un oncle. Qu'est-ce qui a changé ?

La porte se referme. Line reste seule avec Tim et Léna. Les enfants se blottissent contre elle. Ses bras tremblent, ses yeux brillent. Les petits tentent de garder contenance, mais leur peine déborde. Tim se rapproche, Léna pose sa tête sur l'épaule de sa mère. L'instant est suspendu, sacré. Le monde les oublie un court moment.

Les enfants finissent par monter se coucher, épuisés. Ma moitié reste là, prostrée, absente. Elle tient une photo de nous, prise peu après la naissance du grand. Je l'observe caresser doucement l'image, du bout des doigts, avec une infinie tendresse. À quoi pense-t-elle ? À nos rêves inachevés ? À mes bras qui ne l'enlaceront plus ?

Mon esprit tourne en boucle autour d'une pensée : pourquoi ai-je ce sentiment persistant que ma mort n'est pas un accident?

J'ai surpris Philippe, nerveux. Sur le moment, j'ai cru à du stress. Mais à présent ? Ce comportement étrange, cette distance...

Je revois aussi Mel, cette semaine-là. Fermée. Inquiète. Elle m'interrogeait sur Line, avec insistance. Voulait-elle me prévenir ? Ou au contraire dissimuler ?

Des images reviennent : Thomas et moi, ados, unis, inséparables. Aurait-il pu… ? Pendant la cérémonie, il évitait les regards. Il semblait si tendu.

Je me mets à douter. De tous. Et ça me glace.

Mais malgré tout, je peine à croire qu'un proche ait pu, intentionnellement, me faire du mal.

Chapitre 3 : Fragments d'un mystère

Une quiétude oppressante règne sur la maison. Line plie le linge propre d'un geste robotisé, rassemblant chaque vêtement avec une précision presque absente. Son esprit est ailleurs. Aujourd'hui, il n'y aura ni école ni travail. Juste eux trois, enfermés dans un quotidien suspendu, où le moindre bruit semble déplacé.

Tim est affalé sur le canapé, la console entre les mains, mais il ne joue pas vraiment. Léna, elle, tient son crayon au-dessus de sa feuille sans parvenir à tracer le moindre trait.

Line termine la dernière chemise, inspecte le panier désormais vide, puis se détourne du salon. Ses pas la portent jusqu'à mon bureau. Elle n'a pas franchi cette porte depuis mon départ. La pièce est restée dans l'état que je l'ai laissée. Des papiers empilés en désordre, des livres ouverts à moitié, des objets éparpillés sans logique apparente.

Elle s'avance, caresse du bout des doigts le bois du bureau, puis entreprend de ranger. Des feuilles rassemblées, un stylo reposé. Mais chaque geste lui coûte.

Sous un carnet de notes, quelque chose attire son attention. Un livre. Mais pas un vrai.

Elle reconnaît immédiatement ce faux ouvrage : un accessoire de mes escape games, ceux que j'inventais pour les anniversaires des enfants. Il servait à cacher des indices, à brouiller les pistes. Mais pourquoi est-il ici, posé sur ce bureau qu'elle n'avait pas touché depuis des jours ?

Ses yeux s'attardent sur la tranche factice. Une seconde d'hésitation. Puis elle soulève la couverture. À l'intérieur, un vieux téléphone repose entre les pages creuses. Un frisson la traverse. Ce n'est pas mon téléphone habituel, celui que la police a récupéré. Elle le prend, l'écran s'allume instantanément, sans code. Trois messages s'affichent.

— « Demain, 22h. Parking nord. »

— « Viens seul. »

— « Sois discret. »

Elle déchiffre. Une fois. Deux fois. Chaque mot pèse lourd. Pourquoi ce téléphone ? Pourquoi ces messages ? Pourquoi maintenant ? Elle le repose avec précaution, la paume plaquée contre le bois du bureau. Sa respiration est calme, en apparence seulement. Je ressens la tempête dans son esprit. Line ne laissera pas passer ça.

Elle recule légèrement et détaille l'appareil avec attention, cherchant à découvrir un éventuel secret qu'il pourrait révéler. Une fraction de seconde, elle hésite, puis saisit son propre portable et fait défiler ses contacts.

Sophie. Elle appuie sur l'icône d'appel et porte le téléphone à son oreille.

— Oui ? La voix de son amie est claire, alerte.

— Peux-tu passer ? J'ai besoin de te parler.

Une courte pause. Sophie comprend immédiatement que ce n'est pas une demande anodine.

— J'arrive.

Aucune question superflue. Juste cette certitude qu'il faut être là. Line repose son téléphone et inspire profondément. Elle observe le bureau en désordre, ce mélange d'objets familiers et de cet élément incongru qui bouleverse tout.

Quelques minutes plus tard, la voiture de Sophie s'arrête devant la maison. Elle entre sans attendre, son manteau à peine déboutonné, et pose immédiatement son attention sur Line.

— Ça va ? demande-t-elle, son ton à la fois direct et inquiet.

Line ne répond pas tout de suite. Elle prend une longue inspiration, puis désigne le bureau.

— Viens. Je vais te montrer quelque chose.

Sophie la suit, un froncement de sourcils trahissant sa curiosité. Dans le bureau, Line prend le téléphone et le tend à son amie. Sophie l'observe un moment, puis analyse l'écran.

— C'est quoi, ça ?

— Un téléphone que je n'avais jamais vu, commence Line, sa voix basse mais tendue. Je l'ai trouvé tout à l'heure, en rangeant ici. Il était caché.

Sophie relit les messages, son visage fermé. Ses doigts effleurent doucement l'appareil, un tic révélateur de sa concentration. Enfin, elle redresse la tête vers Line.

— Tu sais d'où il vient ?

Line secoue la tête.

— Non. Et je n'ai aucune idée de ce que signifient ces messages.

Sophie réfléchit un instant, puis repose le téléphone sur le bureau.

— Est-ce que tu crois que c'est lié à ce qui s'est passé ?

Line serre les bras contre elle.

— Peut-être. Mais je ne peux pas l'ignorer.

Elle fait défiler ses contacts. Son doigt s'arrête sur un nom. Thomas. Elle hésite une fraction de seconde. Puis appuie sur l'icône d'appel. Une tonalité. Deux. Trois. Puis la messagerie.

— « Salut, c'est Thomas. Laissez-moi un message et je vous rappelle. »

Son doigt serre le téléphone, mais aucun mot ne franchit ses lèvres. Après quelques secondes, elle raccroche. Son esprit s'égare. Sophie, assise sur le rebord du bureau, l'observe.

— Il n'a pas répondu ?

Line secoue la tête.

— Non. Messagerie directe.

Elle s'apprête à poser son téléphone quand il vibre dans sa main. Un message. Thomas :

« Désolé, je suis en déplacement. Mais je passe demain. Ça te va si j'emmène les enfants faire une balade à vélo ? »

Line lit et relit les mots. Le ton est léger, presque détaché. Comme si tout était normal. Comme si lui, au moins, pouvait continuer sa routine sans broncher.

Elle finit par poser son téléphone sur la table, son esprit encore embrumé d'incertitude. Sophie lui tend une tasse de thé qu'elle avait préparée. Line hésite, puis secoue la tête.

— Il passe demain chercher Tim et Léna.

Sophie hausse les épaules.

— C'est bien, non ? Ils ont besoin d'air. Et toi aussi.

Line accepte, mais son attention est déjà revenue au vieux téléphone. L'icône des messages clignote lentement, comme si l'appareil attendait quelque chose.

Une part d'elle sait que ce qu'elle s'apprête à faire est risqué, peut-être même imprudent. Mais l'idée de rester dans l'ignorance lui est insupportable.

Elle jette un coup d'œil vers Sophie, qui la surveille, sans bruit, mais présente.

Puis, sans plus réfléchir, elle tape un message :

— « Qui êtes-vous ? »

Son pouce reste suspendu un instant au-dessus de l'écran, avant d'appuyer sur Envoyer.

Aucune réponse immédiate. L'écran reste muet. Line repose le téléphone, inspire calmement. Sophie, assise à côté, patiente. Rien.

Puis, enfin, le téléphone vibre. Une seule fois.

Line sursaute et attrape l'appareil d'une main plus fébrile qu'elle ne l'aurait voulu. Un nouveau message s'affiche :

« ??? »

Une impulsion la traverse. Son cœur cogne. Elle serre le téléphone un peu plus fort et, sans consulter Sophie, répond aussitôt :

— « Je suis sa femme. Je veux savoir. »

Elle appuie sur Envoyer. Plus de retour en arrière possible.

Sophie expire lentement.

— Tu es sûre de toi ?

Line ne détourne pas les yeux.

— Non. Mais j'ai besoin de réponses.

Le téléphone reste silencieux. Mais au fond d'elle, quelque chose lui dit que ceci ne durera pas.

Chapitre 4 : L'échappée fragile

Un mutisme tendu s'installe entre elles. Sophie finit par rompre la distance, posant une main légère sur le bord du bureau.

— Écoute, tu as besoin de sortir. Rester ici à tourner ça en boucle ne t'aidera pas. Allons au parc avec les enfants. Ça leur fera du bien, et à toi aussi.

Les enfants ont besoin de respirer, et elle aussi, même si elle refuse de l'admettre. Line se redresse doucement.

— D'accord. Mais pas longtemps.

Sophie accepte d'un simple mouvement de tête, déjà tournée vers le salon.

— Allez, les enfants ! On s'habille. On sort ! dit-elle avec une énergie qui semble contagieuse.

Léna relève la tête, intriguée, tandis que Tim pousse un soupir.

— On va où ? demande-t-il d'un ton blasé.

— Au parc. Léna, prends un peu de pain si tu veux nourrir les ânes, propose Sophie.

À ces mots, le visage de Léna s'illumine, et elle se dépêche pour préparer un sac.

Tim, lui, traîne un peu avant d'enfiler ses chaussures, emportant un ballon trouvé dans un coin. Dans le salon, Line attrape distraitement son manteau, puis jette un coup d'œil vers le bureau, où le téléphone repose encore. Une tension furtive la traverse, mais elle suit les autres dehors.

Le parc n'était qu'à quelques rues, un lieu que mes enfants connaissaient par cœur. Dès qu'ils franchissent les grandes grilles, Léna accélère, son sac de pain serré contre elle. Tim traîne à l'arrière, comme toujours.

Pour moi, ce parc a toujours été un terrain de jeu infini. Enfant, chaque allée devenait un sentier secret, chaque statue une sentinelle gardienne d'un trésor imaginaire. Je me revois, à huit ans, courir avec une bande d'amis, persuadé que nous étions des explorateurs. Une fois, je m'étais caché derrière un vieux banc pour les surprendre, mais j'étais resté trop longtemps. Le soleil baissait déjà. J'avais eu peur. Mon père m'avait retrouvé. Sa seule présence avait suffi.

À l'adolescence, le parc était devenu un refuge. Quand la maison devenait trop bruyante, trop étroite, je venais courir. Musique dans les oreilles, je fuyais mes pensées jusqu'à l'épuisement. Les allées bordées d'arbres semblaient savoir où me guider. Je me rappelle un après-midi d'hiver, presque désert.

Les arbres nus, le gravier sous mes pas, le froid mordant sur ma peau. Ce jour-là, j'ai couru sans m'arrêter. Et pour la première fois, je me suis senti libre.

C'est aussi ici qu'avec Line, tout a commencé. Je pense à ce troisième rendez-vous. Un jour d'automne. Elle portait un manteau bleu qui contrastait avec les feuilles rousses. Nous avions marché longtemps, sans destination. À un moment, elle a sauté sur une vieille pierre moussue. Elle a glissé, ri en se rattrapant. Ce rire m'a frappé. Je crois que c'est à cet instant que j'ai su : je voulais l'entendre pour toujours.

Tim avait cinq ans quand il a appris à faire du vélo ici. Je me souviens de ses genoux écorchés, de ses larmes… mais surtout de son acharnement. Chaque chute semblait renforcer sa volonté. Le jour où il a parcouru une allée sans mon aide, il s'est retourné vers moi, le sourire immense. Je me suis arrêté pour l'observer s'éloigner. C'était ça, être père : lâcher la main, les laisser partir.

Léna, elle, adorait les ânes. La toute première fois, je l'ai soulevée pour qu'elle atteigne l'un d'eux. Il avait attrapé le pain du bout des dents, et elle avait éclaté de rire. Pendant des semaines, elle avait voulu revenir. Elle disait que ces animaux étaient comme elle : calmes, mais obstinés.

Plus tard, Tim avait trouvé une zone bosselée pour les vélos. Il y passait des heures. Je m'asseyais sur un banc, parfois inquiet, souvent admiratif. Une fois, il a chuté après un saut mal contrôlé. Couvert de boue, hilare, il m'a lancé : « Pas grave, papa. Je recommence ! »

La dernière fois que nous sommes venus ici, c'était quelques mois avant ma disparition.

Tim et Léna couraient devant, comme toujours. Line et moi marchions lentement. Elle m'avait pris la main — un geste devenu rare.

Je me souviens de sa pression, silencieuse, comme si elle sentait déjà que quelque chose allait basculer. Nous avions marché en silence, bercés par les rires des enfants. Je voulais figer ce moment, le garder au chaud pour plus tard.

Aujourd'hui, ce lieu semble intact, hors du temps. Léna s'agrippe à la barrière de l'enclos, le sac de pain dans les bras. Les ânes s'approchent. L'un d'eux tend le museau.

— Viens voir, Tim ! Celui-là a une tache sur le nez ! On dirait un clown, non ?

Tim s'avance, mains dans les poches.

— Mouais, sauf qu'il ne raconte pas de blagues, ton clown.

— Arrête, Tim. Tu gâches tout. Tiens, donne-lui ça, au moins.

Elle lui tend un morceau de pain. L'âne l'attrape brusquement, Tim sursaute.

— Hé, tranquille !

Sophie sourit.

— Même les ânes sentent quand quelqu'un est sur la défensive.

Léna rit. Tim hausse les épaules, faussement détaché.

Un peu plus loin, ils tombent sur un vieux manège en bois. Abandonné, mais encore debout. Les chevaux sculptés, usés, gardent une certaine noblesse. Tim bondit :

— Celui-là, c'est mon destrier ! Je suis le chevalier noir ! Et toi, Léna, la princesse prisonnière !

— Pas question ! Je suis une guerrière !

Elle monte à son tour, brandit un bras comme une épée.

— Je vais te battre, chevalier noir !

Une bataille s'improvise. Coups imaginaires, esquives absurdes, éclats de rire. Sophie et Line, assises sur un banc, les contemplent avec tendresse. Ils sont là, entiers, vivants.

Puis Tim aperçoit le sentier à bosses.

— Attendez ! Je faisais mes figures ici. Deux minutes ?

Line hésite. Sophie l'encourage.

— Allez, ça lui fera du bien.

Tim pose son ballon et s'élance. Léna le prévient :

— Tu vas tomber, encore.

— Mais non !

Il saute, rate la réception, atterrit dans l'herbe, hilare.

— Ok... peut-être un peu.

Léna tape dans son dos.

— T'es nul, mais tu me fais rire.

Plus loin, Léna pointe une clairière.

— On peut passer par là ?

— C'est un raccourci vers rien, proteste Tim.

— Tu flippes, c'est tout !

Tim, piqué, s'engouffre dans le sentier.

— Peur ? Moi ? Jamais !

— Attends-moi, chevalier noir ! crie Léna.

Line et Sophie suivent lentement, les laissant courir. Ces moments, ces éclats de joie… ils les garderont en mémoire, j'espère.

Avant de quitter le parc, Léna tend un dernier bout de pain à Tim.

— Tu veux le donner ?

— Pourquoi ? T'aimes plus ça ?

— Si. Mais t'es toujours ronchon. Ça te fera peut-être sourire.

Il rit malgré lui, tend le pain à l'âne.

— T'es bizarre, Léna.

Elle ne répond pas. Elle sourit.

Line reste debout, un peu à l'écart. Elle fixe les enfants, mais son esprit s'égare. Et pourtant, l'espace de quelques instants, tout semble presque normal.

La lumière dorée traverse les feuillages. Le vent remue doucement les branches. Les voix des enfants résonnent, légères.

Quand le soleil décline, Sophie propose de rentrer. Le retour se fait silencieusement, mais sans lourdeur.

Tim avance, son ballon sous le bras. Léna tient son sac vide. Leurs pas dessinent une cadence tranquille sur le gravier.

Line marche à côté de Sophie. Parfois, cette dernière tente d'amorcer une conversation.

Les réponses de Line sont brèves, mécaniques. Elle sourit poliment, mais reste distraite.

Puis son téléphone vibre dans sa poche. Une décharge la traverse. Elle glisse discrètement la main, lit.

« Demain matin. Gymnase des Lentillères. À pied. Seule. »

Elle frissonne. Referme l'écran, range le téléphone.

— Tout va bien ? demande Sophie sans ralentir.

— Oui, répond Line un peu trop vite.

Sophie la dévisage brièvement, acceptant le silence.

De retour à la maison, les enfants disparaissent dans leurs mondes. Léna monte dessiner. Tim rallume sa console.

Et ces deux femmes, sans tambour ni cri, continuent de porter cette maison. Sophie, solide. Line, muette sous le poids.

Mais ce jour s'achève. Et malgré tout, il laisse derrière lui une lueur.

Pas une clarté vive. Une lumière douce, celle qui glisse entre les vitres en fin de journée.

Une lumière qui rappelle que, même après l'absence, la vie continue.

Maladroite, bancale… mais tenace.

Chapitre 5 : L'inconnu

La matinée s'étire doucement. La maison semble retenue dans une atmosphère étrange, trop dense pour un jour ordinaire.

Dans l'entrée, Tim ajuste son casque de vélo avec l'impatience d'un départ imminent.

Léna, plus calme, vérifie son sac, arrangeant soigneusement ce qu'elle y a glissé.

Line, elle, reste debout près de la table, l'esprit ailleurs.

Son téléphone, dans sa poche, semble avoir pris une masse inhabituelle. Le message reçu hier soir continue de tourner dans sa tête :

« Demain matin. Près du gymnase des Lentillères. À pied. Seule. »

Elle referme doucement son manteau. Tout est prêt. Thomas ne devrait plus tarder.

La sonnette retentit. Tim file ouvrir. Thomas entre, le casque sous le bras, l'air enjoué.

— Salut ! Alors, prêts pour l'aventure ?

— Trop ! répond Tim en attrapant son vélo.

Léna, plus réservée, esquisse un signe discret. Line reste légèrement en retrait.

Elle leur adresse un bref sourire, mais son attention dérive. Thomas le remarque aussitôt. Il la dévisage brièvement, son expression se nuance.

— Tu es sûre que tout va bien ?

— Oui. Je suis juste un peu crevée.

Elle repose une tasse sur la table. Thomas s'apprête à ajouter un mot, mais Tim et Léna l'appellent déjà, pressés de partir.

— Allez, on y va, sinon on va louper la lumière !

Thomas hésite un court instant, comme si un doute s'était glissé. Puis il laisse filer.

— D'accord. On sera de retour dans deux heures.

Line approuve d'un mouvement léger.

Les enfants montent sur leurs vélos. Thomas leur donne quelques consignes.

Le trio s'éloigne.

Line les suit jusqu'à ce qu'ils disparaissent au coin de la rue.

L'atmosphère retombe aussitôt, plus dense encore.

Elle referme la porte. S'appuie contre le mur. Inspire lentement.

Ce qu'elle s'apprête à faire défie la raison.

Mais attendre lui semble pire. Elle saisit ses clés, remonte son col, et franchit le seuil. Direction le gymnase. Direction l'inconnu.

L'air matinal est encore mordant. Quelque chose dans la ville semble inhabituel, comme si la journée avançait sur une corde tendue. Line marche d'un pas vif, les sens en éveil. À pied. Seule.

Les mots du message se répètent dans son esprit, en cadence avec ses pas sur l'asphalte mouillé. Elle n'en a parlé à personne. Ni à Sophie. Ni à Thomas. Et encore moins à la police. Depuis là-haut, je l'observe. Partagé entre inquiétude et admiration.

Elle n'a jamais aimé l'imprévu. Elle planifie, organise, contrôle. Et pourtant, aujourd'hui, elle avance vers une vérité encore floue. Le gymnase apparaît au bout de l'avenue. Le parking est désert. Quelques arbres battent doucement dans le vent. Une voiture noire, vitres teintées, se gare sans bruit. Ma gorge se serre. La portière arrière s'entrouvre. L'intérieur est obscur. Line marque un arrêt. Puis entre. Referme doucement derrière elle.

Une odeur de cuir et de tabac froid l'accueille. L'habitacle, sombre et feutré, contraste avec le dehors. Et là, face à elle... Mat. La capuche rabattue cache une partie de son visage, mais sa posture ne trompe pas. C'était lui. L'homme, en retrait, le jour de mon enterrement.

Tout remonte d'un coup. Mat, mon ami d'enfance.

Les conneries à deux, les clopes volées, les discussions interminables sous les réverbères. Toujours à flirter avec les limites, mais toujours loyal. Des années sans se voir.

Puis des retrouvailles inattendues autour d'une table de poker. Il avait changé. La prison l'avait marqué. Mais Mat, au fond, restait Mat.

— T'as pas changé, lance Line, brisant la tension.

Il tourne vers elle, esquisse un demi-rictus.

— Toi non plus. Toujours aussi directe.

Sa voix est grave, posée. Il la jauge, attentif.

— Pourquoi Pierre avait ce téléphone ? enchaîne-t-elle.

Mat soupire, s'enfonce dans le siège.

— Il aimait jouer. Rien de dangereux, à la base. Il était doué. Il gagnait souvent.

Line pince les lèvres.

— C'étaient des parties légales ?

— Pas toujours.

Le calme devient pesant.

— Est-ce qu'il était en danger ?

Mat réfléchit, la mâchoire serrée.

— Difficile à dire. Il savait ce qu'il faisait, mais… dans ce milieu, quand tu gagnes trop, certains n'apprécient pas. Elle reste impassible, en apparence. Mat abaisse le ton.

— Ce téléphone, il faut que tu le gardes pour toi. Ne le montre à personne.

Pas une menace. Un avertissement.

— Et si je le fais quand même ?

Il détourne les yeux, hésite.

— Alors tu risques de croiser des gens qui ne posent pas de questions avant d'agir.

Line ne cille pas.

— Personne n'est au courant que tu es ici, poursuit Mat. Si ça s'ébruite, ça peut mal tourner. Pour toi. Pour moi.

Il se redresse lentement. Sa capuche glisse un peu, révélant ses traits fatigués, les années gravées sur sa peau.

— Pierre comptait pour moi. Je te le promets. Je n'ai jamais voulu ça.

Un instant suspendu. Puis il désigne la portière.

— Je te dépose à deux rues du centre. Tu pourras rentrer à pied.

Avant de sortir, elle s'arrête un instant.

— Tu étais à l'enterrement.

Il incline la tête.

— Évidemment.

Elle descend. L'air frais la surprend à nouveau. La voiture repart aussitôt, avalée par la brume.

Et moi, je suis là, suspendu au souvenir d'une amitié que Line vient à peine de dévoiler.

Un fragment de vérité. Une brèche dans le passé. Et la certitude que l'histoire ne fait que commencer.

Chapitre 6 : Souvenirs d'enfance

Line referme la porte derrière elle. Le loquet claque dans un bruit mat. Un instant, elle s'appuie contre le bois, paupières mi-closes. Elle ôte son manteau, le laisse glisser sur une chaise, puis avance sans but précis. L'échange avec Mat revient sans cesse, s'imposant à son esprit comme un écho confus. Rien ne se pose. Rien ne s'apaise.

Elle s'installe sur le bord du canapé, le corps lourd. Les coudes posés sur les genoux, les doigts s'enchevêtrent lentement. Elle ferme les yeux quelques secondes, espérant trouver un point d'ancrage. Mais rien ne vient. Un geste d'épuisement traverse son visage, comme un pli discret.

Ses pensées glissent vers l'étagère. Les albums photos y sont rangés, témoins muets d'un autre temps. Sans vraiment réfléchir, elle en saisit un. La couverture, usée aux coins, cède sans résistance. Une photo glisse au sol. Elle se penche, la ramasse. Line la fait tourner entre ses mains, intriguée.

Je la reconnais immédiatement.

C'est moi. Un gamin d'une dizaine d'années, devant la maison de mon enfance. Un sourire franc, les cheveux en bataille, une vieille casquette vissée sur le crâne.

Derrière moi, la porte d'entrée vert passé — celle qui grinçait si on la poussait trop fort.

Line effleure l'image, presque avec tendresse. Peut-être ne l'avait-elle jamais remarquée. Ou bien, elle l'avait oubliée. Mais moi, je me souviens.

Tout revient, d'un coup.

La chaleur sur les dalles de la cour, l'odeur du linge qui sèche, les cigales étouffées par les rires de mes sœurs.

Notre maison n'était pas grande, mais elle débordait de vie. Une façade en pierre marquée par les années, une cour têtue où l'herbe poussait entre les joints, un cabanon plein de sciure et d'outils. Mes trois grandes sœurs, toujours ensemble malgré leurs différences. L'une vive, l'autre plus discrète. Et moi, le petit dernier, en quête de place.

Ma mère était le cœur de la maison. Toujours occupée, toujours à faire, à chanter, à préparer. Ses mains blanchies par la farine, son tablier noué de travers, un éclat de rire suspendu dans l'air. Elle incarnait le foyer.

Et puis, il y avait mon père. Présence intermittente. Un homme de peu de mots, happé par les chantiers. Je confondais souvent son retrait avec de l'indifférence. Peut-être à tort.

Je me souviens du jour où il m'a emmené avec lui. Il était penché sur un bloc de pierre claire, concentré, le maillet dans une main, le ciseau dans l'autre.

— Ce n'est pas une question de force, avait-il dit.

C'est une question de patience. Et d'écoute.

Je n'avais pas compris tout de suite. Puis il m'avait tendu ses outils, posé mes mains sur la pierre, montré comment en percevoir la matière.

C'était son langage. Peu de paroles, mais des gestes pleins de sens.

Il s'absentait souvent. Il sculptait des visages oubliés, des motifs discrets sur des façades d'églises, des ornements que peu de passants verraient.

Mais à chaque retour, il me ramenait une pierre. Un fragment sculpté.

J'en avais toute une boîte, cachée sous mon lit.

C'était sa façon de dire qu'il pensait à moi. À sa manière.

Line tourne les pages. D'autres visages surgissent. D'autres échos familiers. Et au milieu de tout cela, une absence persistante.

Les jumeaux.

Ceux que je n'ai jamais connus, mais dont l'absence a marqué notre histoire.

Ma mère en parlait peu. Mais elle les gardait avec elle.

Je la revois, les doigts posés sur un médaillon, perdue dans ses pensées. Elle s'attardait plus que nécessaire à mon chevet, comme pour combler un manque.

Parfois, dans mes rêves, ils apparaissaient. Deux silhouettes floues courant dans la cour, me lançant des éclats de rire avant de s'évanouir. Et au réveil, toujours cette impression étrange. Comme un fil invisible qu'on n'arrive pas à suivre.

Line a compris, elle aussi. Certaines absences habitent les lieux plus que les présences.

Elle reste là un moment, l'album encore ouvert sur ses genoux. Puis le referme, doucement, et le dépose sur la table.

Ce que je ressens à cet instant, je sais qu'elle le devine aussi. Cette mémoire discrète qui résonne longtemps.

Quand ma mère est partie, j'ai cru que la maison s'éteindrait avec elle.

Mais je n'ai pas pu m'y résoudre. Avec Line, on a décidé de la racheter. C'était peut-être une folie. Trop d'empreintes dans les murs, trop d'ombres anciennes. Mais c'était chez nous. Un bout d'histoire qu'on ne voulait pas voir disparaître.

Line se lève, laissant les photos là. Elle traverse la pièce, s'arrête devant la baie vitrée.

Le jardin a changé. Mais le cabanon est toujours là, debout.

Elle observe un moment. Puis elle s'éloigne. Dans quelques heures, Tim et Léna rentreront.

La maison retrouvera son mouvement. Mais pour l'instant, elle est là. Avec ses souvenirs.

Chapitre 7 : L'hommage à Pierre

Thomas n'était pas seulement mon meilleur ami. Il était mon frère de cœur, celui avec qui j'ai partagé toutes mes aventures et mes réussites. Je me revois, gamin, à l'école primaire. Les billes, les cartes de collections, les courses dans la cour. Toujours en duo, toujours liés. Nos premiers matchs improvisés sur le bitume. Un vieux panier tordu vissé à même le mur, un ballon usé mais précieux. On jouait jusqu'à la tombée de la nuit. Puis on a grandi. Mais rien n'a changé. Thomas était toujours là. Le basket n'était pas qu'un jeu pour nous. C'était notre univers, notre langage commun. Je me rappelle notre premier entraînement officiel. Nous avions 5 ans, le cœur battant d'excitation. Le premier lancer, la première tentative manquée, et ce rire partagé qui en disait long sur notre complicité. Au fil des années, le basket est devenu une évidence. Un refuge, une échappatoire, une manière de vivre. Notre duo sur le terrain était redouté, une symbiose parfaite née de milliers d'heures passées ensemble. Mel faisait aussi partie de cet univers.

Elle jouait en équipe féminine, avec une précision au tir qui forçait l'admiration. Elle n'hésitait pas à nous remettre à notre place quand notre ego prenait le dessus.

Et puis, il y avait Philippe. Entraîneur exigeant, toujours mesuré dans ses paroles, avare de sourires. J'ai souvent eu l'impression qu'il était différent avec moi, comme s'il percevait quelque chose que j'ignorais. Pourquoi ? Je ne l'ai jamais su. Mais cette attitude envers moi est toujours restée gravée.

Aujourd'hui, ils sont tous réunis dans la salle de réception du club, pour moi ! La salle de réception du club est méconnaissable. Les bénévoles ont passé des heures à la décorer aux couleurs emblématiques du club : le bleu et le jaune s'entremêlent élégamment sur les murs, les tables et jusque sur le podium. Un immense portrait de moi trône au centre de la scène. La photo a été prise lors de notre dernier titre régional, le ballon entre les mains, le sourire aux lèvres, le maillot bleu et jaune brillant sous les projecteurs.

Le buffet, installé sur plusieurs tables en U, regorge de petits fours et de boissons. Je reconnais les spécialités de Martine, la femme de Roger, qui a toujours préparé les collations d'après-match. Ses quiches lorraines et ses cakes aux olives ont accompagné tant de nos victoires... et de nos défaites.

La salle est pleine. Vraiment pleine. Partout, des visages familiers. L'équipe des vétérans au grand complet - ces gars avec qui j'ai partagé les parquets pendant plus de vingt-cinq ans. Il y a Jean, toujours avec sa moustache impeccable, qui n'a jamais manqué un entraînement du mercredi soir.

Victor et Seb, les inséparables, qui se chamaillent encore pour savoir lequel des deux a le meilleur pourcentage aux lancers francs.

Et puis il y a mes coéquipiers plus jeunes, ceux que j'ai vu grandir, que j'ai parfois entraînés.

Le président et ami s'avance et prend la parole. Il évoque mes années de dévouement, mon énergie débordante, l'impact significatif que j'ai eu sur la communauté. Mon nom résonne dans la salle, une présence palpable malgré mon absence. Thomas monte sur scène, visiblement mal à l'aise. Il tente de parler, mais sa voix se brise légèrement.

—Pierre, c'était… c'était le genre à râler pour tout. Mais il était là, toujours là.

Incapable d'en dire plus, il écourte son discours et quitte précipitamment le podium. Philippe est présent, en retrait, contemplant la scène avec une expression indéchiffrable. Il ne prononce pas un mot, son mutisme ajoutant une note de tension à l'atmosphère déjà lourde.

Après la cérémonie, je remarque Line qui s'approche de ma sœur, Mel, près des toilettes. Elle semble déterminée, probablement à cause de cette somme d'argent que je lui ai donnée récemment.

— Mel, je dois te parler, commence Line. J'ai vu que ton frère t'a donné de l'argent. Sais-tu pourquoi ?

Mel, est visiblement mal à l'aise.

— Je pensais que tu étais au courant, répond-elle finalement. Pierre me devait de l'argent à cause de ses parties de poker.

Je n'avais jamais voulu que Line découvre cet aspect de ma vie. Line, quant à elle, semble bouleversée.

— Pourquoi ne m'en a-t-il jamais parlé ? Mel fait non de la tête.

— Je ne sais pas. Peut-être voulait-il te protéger.

Mel scrute les alentours, puis se penche vers Line, chuchotant presque :

— Philippe connaît des secrets de famille... des choses que même Pierre ignorait.

Le cœur de Line s'accélère.

— Quels secrets ? Pourquoi personne ne m'en a parlé ? Mel secoue la tête.

— Je ne peux pas en dire plus ici. Ce n'est ni le moment ni l'endroit.

Je comprends que certaines parties de mon histoire me sont encore inconnues, même après ma mort. Des instants partagés avec Philippe me reviennent en mémoire, des paroles ambiguës, des attitudes énigmatiques. Pourquoi ce sentiment que quelque chose m'échappe ? Cette prise de conscience, bien que tardive, me pousse à vouloir comprendre, à chercher ces vérités cachées qui semblent tourner autour de moi. Les hommages sont censés être des adieux... mais ce soir, c'est plutôt un point de départ.

Thomas et Tim se sont réunis près du vieux panier installé dans un coin de la salle. C'est celui qui a vu passer des milliers de tirs après les entraînements. Les voir ensemble ravive tant de réminiscences...

— Tu te rappelles de son move préféré ? lance Tim en attrapant un ballon qui traînait là.

Thomas esquisse un sourire à travers ses yeux humides.

— Le petit step-back fond de ligne. Combien de fois on l'a vu mettre ce tir...

Tim fait mine de reproduire le mouvement, ce déhanché caractéristique que j'avais mis des années à perfectionner. Le ballon trouve naturellement le filet.

— Un peu comme ça, s'amuse-t-il. Mais lui, il les mettait les yeux fermés.

Thomas s'empare du ballon à son tour.

— Et son fameux drive à droite, alors qu'il était gaucher...

Ils enchaînent quelques tirs, chacun reproduisant une de mes techniques, comme un hommage silencieux à toutes ces heures passées ensemble sur le terrain. Leurs rires se mêlent parfois à des soupirs plus lourds, plus chargés d'émotion.

À l'autre bout de la salle, Mel est entourée de ses anciennes coéquipières de l'équipe féminine. Elles partagent des anecdotes autour d'une coupe de champagne, mais je remarque qu'elle balaie souvent la pièce du regard, à la recherche de Line.

Ma femme, elle, fait le tour des invités, remerciant chacun d'être venu. Elle s'attarde particulièrement longtemps avec le président du club et les membres du conseil d'administration.

— Pierre aurait adoré voir tout ça, dit-elle avec émotion. Cette grande famille réunie... c'était tout ce qu'il aimait dans ce club.

Le président acquiesce d'un mouvement du menton, la gorge visiblement nouée.

— Il a tant donné pour le club...

C'était la moindre des choses. Quand Line cherche finalement Mel, elle constate que ma sœur est déjà partie. Un départ discret, comme souvent avec Mel.

Philippe, lui, est resté en retrait près du mur des souvenirs. Des dizaines de photos y racontent l'histoire du club - et une bonne partie de ma vie. Il s'attarde sur une image en particulier : l'équipe junior de 1995, où l'on me voit aux côtés de Thomas, tout juste adolescents.

Line s'approche doucement de lui.

— C'était il y a une éternité, lance-t-elle. Philippe acquiesce sans détacher son attention de la photo.

— Il avait déjà cette étincelle dans les yeux, murmure-t-il avec nostalgie. Cette passion qui ne l'a jamais quitté.

La soirée s'étiole progressivement. Les invités commencent à partir, emportant avec eux leurs souvenirs et leurs émotions. Certains s'attardent encore près du buffet, d'autres prennent une dernière photo devant le podium. L'ambiance est douce-amère, comme peut l'être un au revoir. Je reste là, touché par tant d'amour et de moments précieux partagés.

Le basket nous a réunis, mais c'est l'amitié qui nous a gardés ensemble toutes ces années.

Chaque personne présente ce soir représente un chapitre de mon histoire, un moment de joie, un défi relevé ensemble. La grande photo sur le podium me montre souriant, heureux, dans mon élément. C'est ainsi qu'ils se souviendront de moi, et c'est parfait comme ça.

Chapitre 8 : Les silences Révélateurs

Line n'aurait jamais imaginé se retrouver ici, devant la maison de Philippe, sans les mots de Mel. « Philippe connaît un secret de famille. » Cette phrase simple avait suffi à éveiller une curiosité qu'elle n'avait jamais ressentie auparavant. Line n'était pas du genre à s'intéresser aux zones d'ombre des autres. Pourtant, cette fois, elle avait décidé d'aller voir par elle-même.

Quand elle pénétra dans la cour, elle distingua Philippe devant une grande table de jardin. Il œuvrait avec une concentration extrême. Ses doigts ajustaient des pièces de bois, une à une, avec une précision impressionnante. Line étudia son activité pendant quelques instants avant de s'avancer. Ce n'est qu'en se rapprochant qu'elle comprit ce qu'il fabriquait.

Philippe construisait une maquette. Line ne connaissait pas ce modèle, mais moi, je l'ai identifié immédiatement. Il s'agissait du chalet de mes parents.

Philippe reproduisait chaque détail avec exactitude. Les fenêtres, le toit incliné, les volets faiblement penchés sur un côté, tout était conforme au modèle original. Ce travail était très méticuleux.

Je ne comprenais pas pourquoi Philippe construisait ce chalet. Comment pouvait-il en connaître les moindres détails ? Cette question me tourmentait déjà.

Line finit par rompre la tranquillité de la cour avec une remarque.

— Vous avez beaucoup de talent. Cette maquette est magnifique. Philippe la dévisagea, stoïque.

— Merci, répondit-il. Ce n'est qu'un passe-temps.

Line analysa soigneusement la maquette. Ses yeux parcouraient chaque détail, comme si elle tentait de comprendre l'histoire qui se dissimulait derrière cette création.

— Ce modèle est inspiré d'un lieu réel ? demanda-t-elle après une brève pause.

Philippe interrompit ses gestes. Il déposa délicatement une pièce de bois sur la table avant de répondre.

— Oui. C'est un endroit que je connais.

Il n'ajouta rien de plus. Sa réponse était concise, presque tronquée. Line ne poursuivit pas. Elle n'aimait pas insister quand elle percevait qu'une personne préférait garder ses pensées pour elle-même.

Elle s'installa un moment sur un banc près de la table. Un blouson reposait sur le dossier.

En se relevant, elle fit tomber le vêtement. Une lettre pliée en deux glissa d'une poche et atterrit au sol. Line ramassa le blouson et la lettre. En voyant l'enveloppe, elle fut stupéfaite.

Mon nom y était inscrit, tracé dans une écriture que je connaissais parfaitement. C'était celle de ma mère. Je ressentis une vague d'inquiétude m'envahir. Cette lettre, dans le blouson de Philippe, ne faisait aucun sens. Pourquoi Philippe possédait-il un courrier écrit par ma mère ? Que pouvait contenir cette lettre ? Line inséra discrètement la lettre dans la poche du blouson. Elle replaça le vêtement sur le banc sans prononcer un mot. Philippe semblait absorbé par son travail et ne remarqua rien. Line se redressa et le remercia pour son accueil. Sa voix était posée, mais je savais qu'elle réfléchissait déjà à ce qu'elle avait vu. Ce qu'elle venait de découvrir ne la laisserait pas indifférente. Line resserra son écharpe et quitta le lieu, déterminée à trouver des réponses ailleurs.

Le vent frais de la fin de journée s'insinuait dans son manteau, mais elle n'y prêtait pas attention. La maquette du chalet et la lettre occupaient tout son esprit. Elle cheminait sans vraiment percevoir où elle allait, guidée par une habitude ancrée, jusqu'à atteindre la maison.

En entrant, elle fut accueillie par les sons familiers de la vie quotidienne. Tim était assis à la table de la cuisine, entouré de ses devoirs. Il écrivait, appliqué, et ne releva la tête qu'un instant pour la saluer. Léna jouait près de la fenêtre.

Elle assemblait une rangée de poupées miniatures qu'elle habillait soigneusement, s'investissant avec un sérieux qui la caractérisait. Line leur répondit d'une voix sereine avant de poser son sac et son manteau sur une chaise.

Elle se dirigea vers l'évier, ouvrit le robinet et laissa l'eau couler dans un verre. Elle ne but pas.

Ses mouvements étaient mesurés, réfléchis, comme si chaque geste la maintenait en équilibre. Elle déposa le verre sur la table et s'assit. Ses mains demeurèrent statiques, croisées devant elle. Son regard errait dans la pièce sans s'attarder nulle part. La lettre continuait de la hanter.

Elle se souvenait précisément des lettres formées, de la fluidité de l'écriture, et de la surprise ressentie en voyant mon nom. Elle savait qu'il y avait là une vérité qu'elle ne maîtrisait pas, une pièce manquante qu'elle devait découvrir. Mais comment aborder un sujet aussi complexe sans savoir par où commencer ? Tim l'épia discrètement depuis son cahier. Il tergiversa un instant, puis s'approcha d'elle, un exercice de mathématiques en main.

— Maman, tu peux m'aider avec ça ? Line porta son attention vers lui, revenant rapidement à la réalité.

Elle examina l'équation qu'il lui montrait, mais ses pensées refusaient de coopérer. Elle contraignit ses lèvres à esquisser un sourire et prit le cahier.

— Oui, bien sûr, dit-elle. Montre-moi où tu en es.

Elle fit de son mieux pour se concentrer sur ce qu'il lui expliquait, mais je voyais qu'elle luttait pour rester présente.

Les chiffres semblaient lointains, noyés dans l'agitation de ses pensées. Pourtant, elle persévéra. Pour lui. Léna, qui avait noté l'échange, abandonna ses poupées et se glissa à côté de son frère. Elle posa son menton sur la table, scrutant attentivement.

— C'est dur ce que tu fais, Tim, dit-elle, pleine d'admiration.

— Ce n'est pas si compliqué, répondit-il, en adressant un rapide coup d'œil vers sa mère.

Line les observa tous les deux. Pendant un instant, ses préoccupations s'estompèrent fugacement. Elle les contemplait là, unis, et cela lui rappela pourquoi elle devait continuer à avancer. Pourtant, au fond d'elle, elle savait que cette soirée ne suffirait pas à apaiser ses questions. Elle déposa le cahier de Tim sur la table et se mit debout.

— Je vais préparer quelque chose pour le dîner, dit-elle, plus pour elle-même que pour eux.

Elle se mit au travail avec des gestes assurés, mais une part de son esprit restait accaparée par la lettre. Ces deux éléments formaient un nœud qu'elle ne parvenait pas encore à démêler. Inviter Thomas et Sophie ce soir marquait un tournant pour Line. Recevoir avait toujours été une part importante de sa vie avant ma mort. Mais ces derniers mois, l'idée même de dresser une table pour d'autres que ses enfants semblait au-dessus de ses forces. Ce soir, elle tentait de raviver cette habitude. Peut-être pour elle, peut-être pour eux.

Thomas arriva en premier. Toujours le même, il franchit la porte avec un entrain débordant.

— Salut tout le monde ! lança-t-il en entrant.

Léna était installée sur le tapis du salon, un crayon à la main, penchée sur un livret de croquis.

Elle releva la tête et répondit d'une voix paisible :

— Salut, Thomas. Intrigué, il s'approcha pour voir ce qu'elle dessinait.

— Encore une de tes histoires ? demanda-t-il en examinant les lignes noires sur le papier.

Léna pivota son dessin pour lui montrer un arbre aux branches noueuses, entouré d'une brume esquissée.

— Oui. C'est pour un endroit mystérieux dans l'histoire que j'invente, expliqua-t-elle.

Thomas plissa ses paupières pour mieux discerner.

— Tu devrais vraiment écrire cette histoire un jour, dit-il avec sérieux.

Léna ne répondit rien, mais le léger rictus qu'elle arbora semblait accepter le compliment.

Tim, quant à lui, était assis à la table avec un livre ouvert devant lui. Il souleva brièvement les yeux pour saluer Thomas avant de replonger dans sa lecture, taciturne mais attentif.

Quelques minutes plus tard, Sophie arriva avec un plat recouvert d'un torchon. Elle le tendit à Line avec une expression réjouie.

— J'ai préparé une tarte aux légumes. J'espère qu'elle conviendra.

— Merci, c'est parfait, répondit Line en prenant le plat.

Je savais qu'elle appréciait leur présence, même si elle n'en disait rien. Ce dîner n'était pas qu'un simple repas ; c'était une tentative, maladroite peut-être, mais sincère, de reconstruire quelque chose. Le dîner se déroula dans un climat détendu.

Thomas, fidèle à lui-même, domina la conversation avec ses anecdotes colorées.

Léna, captivée, n'hésitait pas à l'interrompre avec des questions.

— Alors, il a eu peur ou pas ? demanda-t-elle après une histoire particulièrement rocambolesque.

— Il a eu la peur de sa vie, mais il a fait semblant d'être courageux. C'est ça, le vrai talent, répondit Thomas avec une moue exagérée.

Léna pouffa et se tourna vers Tim.

— Je suis sûre que tu ferais pareil, toi.

— Non, je ne serais même pas entré, répondit-il sans détacher les yeux de son assiette.

Après le repas, les enfants regagnèrent le salon. Tim commença à installer un jeu de société pendant que Léna rangeait son cahier de dessin. Elle finit par prendre place en face de lui, lui proposant quelques variantes des règles pour rendre la partie plus « intéressante ».

Dans la cuisine, Line et Sophie débarrassaient les assiettes.

— Ça faisait longtemps que je n'avais pas organisé de dîner, dit Line en déposant une pile d'assiettes dans l'évier.

— Ça se voit que ça t'avait manqué, répondit Sophie en disposant les verres dans le placard.

Line marqua une pause, comme si elle réfléchissait.

— Peut-être, oui… Mais ce n'est pas si simple, reprit-elle.

— Non, ça ne l'est pas. Mais tu as bien fait.

Line se détendit sans rien ajouter. Elle termina de ranger les couverts avant de jeter un œil vers le salon, où les enfants discutaient tout en jouant.

Thomas, établi sur le canapé, veillait sur la scène, sa physionomie toujours songeuse.

Sophie, après avoir fini d'aider Line, s'avança et s'installa dans le fauteuil à côté de lui.

— Tu réfléchis trop, fit-elle remarquer après un moment. Thomas dessina un sourire, embarrassé.

— Peut-être. J'aimerais faire plus pour Line et les enfants, mais parfois, je ne sais pas si ce que je fais est suffisant.

Sophie l'étudia, méditant.

— Tu fais déjà beaucoup. Être là, c'est essentiel. Ils ont besoin de ça, même si personne ne le dit.

Thomas passa une main dans ses cheveux, comme pour dissiper une tension intérieure.

— Merci. Ça fait du bien à entendre, soupira-t-il après un temps.

L'hilarité soudaine de Léna résonna dans la pièce. Elle accusait Tim de tricherie, et il répondait avec calme, mais non sans une pointe d'amusement. Ce simple échange semblait alléger l'ambiance.

Line, demeurée debout près de l'évier, contemplait la scène. Je reconnus cette subtile expression qu'elle avait, celle qui voulait dire qu'elle voyait une lueur de normalité revenir dans leur vie.

Parfois, il ne fallait rien de plus qu'un dîner, une conversation, et des éclats de joie pour recréer un équilibre, même fragile.

La maison était baignée dans une quiétude profonde. Les enfants dormaient, Line s'était retirée, et une fois de plus, je me retrouvais face à mes pensées.

Elles me ramenaient inévitablement à ce chalet. Et cette maquette… Pourquoi Philippe l'avait-il reproduite avec une précision si troublante ? Il ne pouvait pas s'agir d'une coïncidence. Philippe connaissait ce lieu, peut-être même mieux que moi. Puis il y avait cette lettre. Rien que d'y songer, je ressentais une tension croissante. L'écriture de ma mère…

Que disait-elle ? Pourquoi l'avait-elle écrite ? Et pourquoi Philippe la possédait-il, alors que moi, son fils, j'ignorais tout de son existence ? Ces questions tourbillonnaient en boucle dans mon esprit, mais je n'avais aucune réponse. Je ne pouvais qu'espérer que Line, ou quelqu'un d'autre, décide de creuser. Mais une chose était certaine : je ne pouvais pas rester spectateur.

Ce chalet, cette lettre, tout cela portait une vérité enfouie depuis trop longtemps. Et d'une manière ou d'une autre, cette vérité devait éclater.

Chapitre 9 : L'enquête éteinte

Une attente suspendue. Je sais déjà ce qu'ils vont dire. Depuis leur appel, la conclusion s'impose d'elle-même. Ils ne sont pas là pour révéler une découverte inattendue, encore moins pour relancer l'enquête. Ils viennent fermer un dossier, poser un point final.

Pourtant, avant d'entendre leurs mots, je me souviens. Je me rappelle le jour où ils sont venus chercher des informations. La pluie venait de cesser. L'air était chargé d'humidité et de cette odeur de terre mouillée qui s'imprègne aux murs après l'orage. Ils étaient arrivés peu après mon corps, méthodiques, leurs combinaisons blanches tranchant avec la grisaille du matin. L'un d'eux s'était accroupi devant la barre de fer abandonnée contre le mur. Il l'avait étudiée un instant, l'avait soulevée avec précaution avant d'ouvrir une boîte de poudre noire et de l'appliquer sur la surface métallique. Il avait patienté, incliné légèrement la tête, changé d'angle, recommencé son geste.

— Rien d'exploitable. Aucune empreinte.

Il avait rangé la barre dans un sac plastique, inscrit une référence sur l'étiquette et s'était redressé sans un mot de plus.

À quelques pas de lui, un autre expert s'était approché du bac à fleurs en béton. Il avait sorti un coton-tige, l'avait imbibé d'un liquide réactif avant de l'appliquer sur une tache brunâtre. Presque aussitôt, le coton avait viré au bleu foncé.

— Présence de sang confirmée.

L'échantillon avait été soigneusement enfermé dans un tube hermétique, classé parmi les autres preuves.

Un troisième technicien avait parcouru la scène avant de projeter du luminol sur la pierre. Sous la lumière UV, ils avaient scruté le sol, cherchant la moindre éclaboussure, le plus infime des résidus invisibles à l'œil nu. Mais rien n'était apparu.

— Pas de traces supplémentaires.

Une pesanteur s'était installée. L'un des experts avait suspendu son geste, son stylo flottant au-dessus de son carnet. Il analysa attentivement la scène pendant un moment, puis échangea une œillade significative avec un collègue. Une hésitation fugace, presque imperceptible. Puis il avait griffonné quelques mots avant de refermer son carnet. Ils avaient photographié les lieux, pris quelques dernières mesures, et rassemblé leur matériel. Aucune discussion, aucun commentaire. Tout se déroulait avec une précision millimétrée. Puis, sans s'attarder davantage, ils étaient repartis.

Tout cela appartient au passé. À présent, il ne reste qu'un rapport et une conclusion.

Line se tient près de la porte. Elle a entendu la voiture s'arrêter dans l'allée, le claquement des portières, le bruit sourd des pas sur le gravier. Elle ne leur laisse pas le temps de frapper.

Les deux gendarmes entrent, retirent leurs casquettes et avancent jusqu'à la cuisine. Line s'adosse au plan de travail, la physionomie stoïque. Les gendarmes prennent place face à elle. L'un d'eux ouvre son carnet, feuillette quelques pages avant de redresser la tête.

— Madame, nous avons finalisé les analyses. Sa voix est neutre, posée, dénuée de toute émotion.

— Nous n'avons relevé aucune empreinte exploitable sur la barre de fer. Il tourne une page, continue sur le même ton.

— Le sang retrouvé sur le bac à fleurs correspond bien à celui de votre mari. Line reste immobile. Elle attend la suite.

— Les blessures sont compatibles avec une chute. Aucun élément ne permet d'affirmer qu'une autre personne est intervenue.

Le gendarme referme son carnet.

— L'enquête est donc classée sans suite.

Quelques secondes de répit. Le tic-tac de l'horloge emplit brièvement l'espace.

Le second gendarme prend la parole, avec plus de retenue.

— Si un nouvel élément venait à apparaître, nous pourrions bien sûr rouvrir l'affaire.

Line incline légèrement la tête.

— Je comprends.

Aucune colère. Aucune contestation.

Les gendarmes échangent un coup d'œil, comme s'ils étaient en attente de quelque chose. Une réaction, une réponse, ou peut-être une autre forme d'émotion.

Mais Line reste droite, ancrée dans une posture qui n'offre aucune prise aux sentiments.

Finalement, les gendarmes se lèvent et déposent une carte sur la table.

— Si vous avez besoin de quoi que ce soit, n'hésitez pas à nous contacter.

Ils saluent une dernière fois avant de quitter la maison. La porte se referme avec discrétion derrière eux. Tout est terminé. C'est ce qu'ils disent.

Conclusion : un accident, une chute, les preuves l'indiquent. Une barre de fer et du sang ont été trouvés, mais l'enquête n'a rien révélé d'anormal. Alors pourquoi suis-je encore là ? Si tout est aussi simple qu'ils le prétendent, si ma mort n'a rien d'étrange, qu'est-ce qui me retient encore ici ? Peut-être que c'est autre chose. Un secret de famille ?

Quoi de mieux que de fouiller dans le cagibi pour trouver des indices.

Chapitre 10 : L'Ombre du Passé

Le cagibi était petit, encombré, sans prétention. L'air y était lourd, saturé de l'odeur du bois vieilli et de la poussière stagne. En y entrant, un faible grincement brisa le calme. La lumière faible traversait la vitre sale, projetant des ombres sur les meubles et décorations entassés. Tout semblait en pause, comme si le temps s'était arrêté ici. Une étagère branlante, des cartons empilés à la hâte, des outils…

Dans le désordre, je remarquai une canne à pêche contre le mur. Sa poignée usée racontait des années d'aventures au bord de l'eau. Dès que je tendis la main pour essayer de la toucher, une série de souvenirs m'envahit. Le chalet familial me revint aussitôt en mémoire, ce havre niché près du lac. Je me revis, enfant, au bord de l'eau, la canne à la main, sous l'attention de mon père. Il était toujours calme, concentré sur le fil qui flottait à la surface. Je me rappelai ses gestes précis pour attacher un hameçon ou ajuster un flotteur, et son sourire discret lorsqu'un poisson mordait.

À proximité, le grand saule pleureur semblait protéger nos activités, ses longues branches touchant occasionnellement l'eau avec légèreté.

Je repensais aussi aux chemins de terre qui menaient au chalet. Mes sœurs et moi y pédalions à toute vitesse, nos rires résonnant dans la forêt. Même nos paniers d'œufs, souvent secoués par nos courses effrénées, n'arrivaient pas à troubler notre bonne humeur. Le soir venu, ma mère préparait ces œufs à la coque qui avaient un goût unique, accompagnés de ses mouillettes parfaitement découpées. Ces images avaient une nuance particulière, celle d'une époque où tout semblait plus simple, plus léger.

Je laissai la canne à pêche à l'endroit où je l'avais trouvée et m'occupai du reste du désordre. Une étagère était chargée de cartons, parmi lesquels quelques articles étaient visibles. Une figurine bleue, imposante et fièrement posée, attira rapidement mon attention.

Je me souvenais du jour où Mel me l'avait tendue, avec un sérieux d'enfant :

— Prends-la, elle porte bonheur.

Son sourire complice et ses grands yeux brillants me revinrent instantanément en mémoire. Ce n'était qu'un jouet, mais à mes yeux, il était devenu un talisman, un porte-bonheur.

Plus loin, un vieux tracteur à pédales reposait contre le mur. Sa peinture rouge, écaillée par les années, témoignait des heures passées à le pousser à bout dans le jardin. Je revis les instants dessus, les éclats de joie, et même Tim, plus tard, qui avait hérité de ce jouet.

— Papa, je vais plus vite que toi !

Ses mots résonnaient encore dans ma mémoire. Mon attention se porta ensuite sur une rangée de médailles ternies.

Elles symbolisaient mes années d'engagement sportif, mes victoires ainsi que les compétitions intenses auxquelles j'avais participé. Mon père, absent la plupart du temps, avait tout de même assisté à quelques-uns de ces moments. Ses observations discrètes, remplis de fierté silencieuse, me revinrent avec une clarté presque douloureuse.

Puis mes yeux s'arrêtèrent sur un coin où une photo avait été posée, négligemment encadrée. Ellie. Mon souffle se coupa un instant. Sa chemise à carreaux, ses cheveux balayés par le vent, ce sourire éclatant… Tout en elle semblait briller. Ellie, ma sœur, décida de suivre son instinct et de partir aux États-Unis lorsqu'elle atteignit la majorité. Ce portrait semblait la rendre si proche, et pourtant elle était si loin. Savait-elle seulement que j'étais mort ? Si oui, pourquoi n'était-elle pas revenue ? Ces questions tournaient en boucle dans mon esprit, rendant ce simple portrait plus lourd que je ne l'aurais cru.

Je reposais la photo, une boule dans la gorge, et me tournai vers l'étagère à ma gauche. Là où je rangeais toujours mes gants de jardinage. Mais à ma grande surprise, ils n'étaient pas là. C'était un détail insignifiant, et pourtant, cela me dérangeait. Ce vide, à cet endroit précis, ne collait pas. Quelque chose clochait. Je savais précisément où ils devaient être. Pliés soigneusement, toujours au même endroit.

Ces gants faisaient partie de mes habitudes, usés mais pratiques, je les utilisais chaque semaine pour entretenir le jardin, couper les ronces près des buissons, ou désherber autour des plates-bandes. Leur absence n'avait aucun sens.

Je contemplais l'étagère, cherchant à comprendre. Une image me vint : le portillon de la cour.

Je suivis cette pensée jusqu'au jardin. Près du portillon, quelque chose dépassait de la terre. Je m'agenouillais et examinai dans la terre près du poteau. Il y avait un morceau de gant minuscule, déchiré, à peine reconnaissable. Je levai les yeux vers la clôture. Un bout de fer dépassait, tranchant et rugueux. Cette découverte m'a étonné, car les forces de l'ordre ne l'ont pas remarquée. Je restai un moment accroupi en tentant de reconstituer la scène. Je me relevais posément, étudiant les alentours avec une attention nouvelle.

Le jardin, habituellement si paisible, semblait maintenant receler des ombres inquiétantes. Les buissons que j'avais taillés avec tant de soin prenaient des allures de cachettes potentielles. Je remarquai alors quelque chose que je n'avais jamais vraiment noté auparavant : une série d'empreintes légères dans la terre meuble, près des rosiers. Elles étaient à peine visibles, mais leur disposition suggérait que quelqu'un s'était tenu là. Il était évident que quelqu'un avait pris possession des gants, s'était agrippé à la clôture et s'était éloigné rapidement.

Un frisson glacé me parcourut. Quelqu'un était là, juste avant ma chute. Et cette personne avait fui, dans la précipitation. Une seule question restait : qui était là ?

Chapitre 11 : Les Liens Invisibles

Je sortais de cet antre de souvenir avec un goût d'inachevé. J'avais au final, plus d'interrogation qu'au départ. La nuit montre le bout de son nez. J'épie Line à travers la vitre de la porte fenêtre. Elle est allongée sur le canapé, pensive. Il lui arrive souvent depuis mon absence d'avoir des instants comme celui-ci. Certainement un moyen d'évacuer tout le stress cumulé. Il faut dire avec tout ce qui se passe en ce moment, je me demande comment fait-elle pour ne pas craquer !

La sonnette retentit, rompant l'ambiance suspendue du salon. Line sursauta, essuyant ses mains sur son pantalon avant de se diriger vers la porte. Je la suivis, intrigué par cette arrivée inattendue. Lorsqu'elle ouvrit, Thomas et Sophie se tenaient là, côte à côte. La lumière du porche dévoilait leurs visages à la fois avenants et tendus.

— Thomas, Sophie… qu'est-ce qui vous amène à cette heure ? demanda Line, visiblement surprise.

Thomas esquissa un sourire.

— On voulait te parler… tous les deux, dit-il.

Intriguée, Line s'effaça pour les laisser entrer.

— Bien sûr, entrez.

Dans le salon, Line leur désigna le canapé pendant qu'elle s'installait dans un fauteuil en face. Ses mains reposaient sur ses genoux, comme si elle s'apprêtait à recevoir une nouvelle importante.

Thomas échangea un coup d'œil rapide avec Sophie, qui fit un signe de tête pour l'encourager.

Après une profonde inspiration, il se lança :

— Avec Sophie… on est ensemble. Il lâcha cette phrase avec simplicité, sans détour ni hésitation.

Line demeura là un instant, ses lèvres se pressant modérément alors qu'elle semblait assimiler cette annonce. Puis, graduellement, son visage se détendit, et une expression sincère illumina ses traits.

— Vous êtes… ensemble ? répéta-t-elle, plus pour s'assurer d'avoir bien compris que par étonnement.

Sophie prit la parole à son tour, sa voix posée mais emplie d'émotion.

— Oui. Ce n'était pas prévu, mais… c'est arrivé comme ça. Line hocha la tête avec une attitude bienveillante et réfléchie.

— Eh bien, je suis heureuse pour vous. Vous avez l'air bien ensemble.

Un air de soulagement traversa Sophie.

— On voulait te le dire nous-mêmes, reprit-il. Par respect.

Line leur adressa un sourire amical.

— Merci de m'avoir prévenue. C'est important pour moi.

Après une pause, elle ajouta, d'une voix hésitante :

— Mais… je dois avouer que j'ai un peu peur de te perdre, Sophie.

Sophie se pencha en avant, posant ses mains sur ses genoux comme pour mieux se rapprocher de Line.

— Line, rien ne changera entre nous. Je suis toujours là, et je veux continuer à être là pour toi.

Une expression fine, mais sincère, passa sur le visage de Line.

— Je sais. C'est juste que… ces derniers mois, tu as été un vrai soutien. Je me dis que je vais peut-être devoir te partager maintenant.

Thomas laissa échapper un petit rire léger, dissipant la tension.

— Si je dois me battre avec toi pour garder Sophie, je vais perdre, c'est sûr.

Line rit à son tour, un rire presque libérateur. Elle se leva soudainement.

— Bon, restez un moment. Je vais chercher quelque chose à grignoter.

Elle se dirigea vers la cuisine, tandis que Thomas se tourna vers Sophie, lui chuchotant quelque chose que je ne parvins pas à saisir.

Sophie lui répondit d'un sourire complice, et je les observai, fasciné par la simplicité de leur connexion. Ce n'était pas une trahison. Ce n'était pas un abandon. C'était la vie qui continuait, et ils avaient choisi de la vivre ensemble.

Line revint avec un plateau chargé de biscuits et de boissons, le posant sur la table basse. La discussion se poursuivit de manière plus détendue, parsemée de rires et d'échanges agréables. Cependant, je décelais chez Line une certaine mélancolie sous cette ambiance conviviale. Elle avait accepté cette nouvelle avec grâce, mais elle savait, tout comme moi, que les choses changeraient inévitablement.

Alors que la conversation entre Line, Thomas et Sophie s'allégeait dans le salon, un bruit de pas mesurés interrompit l'atmosphère.

Léna apparut dans l'encadrement de la porte, tenant avec assurance un carnet à dessin à la couverture usée. À dix ans, elle avait déjà cette présence qui ne laissait pas indifférent, ce mélange de timidité et de détermination qui lui était propre.

— Désolée de vous interrompre, dit-elle avec une politesse apprise mais sincère. Je voudrais vous montrer quelque chose. Line se redressa dans son fauteuil, son expression s'adoucissant à la vue de sa fille.

— Bien sûr, ma grande, viens nous rejoindre, répondit-elle en lui faisant signe d'approcher.

Léna s'avança dans la pièce, son carnet blotti sous son bras comme un trésor personnel.

Elle prit place sur le bord du canapé, à côté de Sophie, et feuilleta les pages avec une attention minutieuse.

— J'ai terminé ce dessin aujourd'hui, expliqua-t-elle en s'arrêtant sur une page particulière. J'y travaille depuis plusieurs jours.

Elle hésita un instant, puis tendit le carnet vers eux. Sa main était ferme, mais je pouvais discerner cette légère nervosité si caractéristique des artistes qui dévoilent leur œuvre. Le dessin était remarquablement complexe pour une enfant de son âge. Une maison, notre maison, occupait le centre de la feuille. Autour d'elle, des silhouettes sombres semblaient l'envelopper, comme des ombres menaçantes mais indistinctes. Au-dessus de la structure, une forme lumineuse planait, bienveillante et pourtant énigmatique. Line examina l'œuvre avec attention, ses doigts effleurant délicatement les contours du dessin.

— C'est très... saisissant, Léna, commenta-t-elle après un long moment. Qu'est-ce que tu as voulu représenter exactement ?

Léna reprit son carnet et considéra son propre travail, ses yeux parcourant les détails qu'elle avait créés avec tant de soin.

— C'est notre maison, commença-t-elle, mais pas seulement le bâtiment. C'est nous, notre famille.

Elle pointa du doigt les formes sombres qui entouraient l'habitation.

— Ces ombres, ce sont les choses dont on ne parle pas. Les secrets, les peines, tout ce qu'on essaie de cacher.

Un silence pesant s'installa dans la pièce. Thomas et Sophie furent sans mot, tandis que Line scrutait sa fille avec une expression indéchiffrable.

— Quels secrets, Léna ? demanda-t-elle finalement, sa voix à peine audible.

La jeune fille haussa les épaules, un geste qui contrastait avec la profondeur de ses propos.

— Je ne sais pas exactement. Mais je les sens, je les perçois. Depuis que papa n'est plus là, j'ai l'impression que tout le monde garde quelque chose pour soi. Comme si certaines vérités étaient trop lourdes à partager.

Elle désigna ensuite la forme lumineuse qui flottait au-dessus de la maison.

— Ça, c'est une présence bienveillante. Quelqu'un qui veille sur nous, même si on ne peut pas le voir.

Thomas se pencha en avant, manifestement intrigué par cette interprétation.

— C'est une idée très poétique, Léna. Qu'est-ce qui t'a inspiré cette vision ?

Léna lui répondit avec une maturité surprenante pour son âge.

— Mon professeur d'art nous a demandé de créer quelque chose qui représente notre état d'esprit actuel. J'ai réfléchi longtemps, et c'est cette image qui m'est venue.

Elle referma son carnet avec précaution et le déposa sur ses genoux.

— Parfois, j'ai l'impression de sentir papa près de moi, ajouta-t-elle d'une voix plus basse. Pas physiquement, bien sûr. Mais comme une présence rassurante.

Line retint son souffle, visiblement bouleversée par cette confession.

— Tu... tu ressens sa présence ? demanda-t-elle avec hésitation. Léna fit oui de la tête, son expression sérieuse et paisible à la fois.

— Pas tout le temps. Mais parfois, quand j'ai besoin de lui, j'ai l'impression qu'il est là.

Elle examina la pièce et ses yeux s'arrêtèrent sur l'espace vide près de moi.

— Papa ? murmura-t-elle, si doucement que je crus avoir imaginé ce mot.

Je sentis une émotion indescriptible m'envahir. Pouvait-elle réellement me percevoir ? Cette idée était à la fois terrifiante et merveilleuse. Line porta une main à sa bouche, les yeux brillants d'émotion contenue.

— Qu'est-ce que tu as dit, ma chérie ? demanda-t-elle, la voix tremblante.

Léna sembla hésiter, comme si elle regrettait d'avoir partagé cette confidence intime.

— Rien d'important, maman, répondit-elle enfin en se levant.

Je vais ranger mon carnet maintenant. Elle quitta la pièce avec cette même démarche posée, laissant derrière elle un vide lourd de questions sans réponses.

Les mots de Léna résonnaient en moi comme une vérité profonde : "Ces ombres, ce sont les choses dont on ne parle pas. Les secrets, les peines, tout ce qu'on essaie de cacher." Elle avait perçu, avec la clarté surprenante de l'enfance, ce que les adultes s'efforçaient d'ignorer.

Et peut-être, juste peut-être, avait-elle aussi perçu ma présence, persistant dans ce monde qui n'était plus le mien.

Chapitre 12 : Conversations Dans le Vide

Je suis confronté à une réalité cruelle : personne ne peut m'entendre. Je cherche un moyen. Chaque jour, je tente quelque chose de nouveau, une brèche dans ce mur qui me sépare d'eux. Je n'ai pas le choix.

Line s'accroche à sa routine comme à une bouée. Ses gestes sont précis, ses pensées hermétiques. C'est sa façon d'avancer. Mais je perçois les fissures, ces instants où son esprit s'égare, où ses mains vacillent avant de se reprendre.

Tim, lui, s'isole. Il reste longtemps dans sa chambre, absorbé par des dessins ou son téléphone, retranché dans un mutisme que je ne sais pas briser.

Et Léna... Léna conserve cette sensibilité particulière. Elle est la seule à manifester une ouverture, une réceptivité, mais je constate que mes tentatives l'intriguent autant qu'elles la perturbent.

Je m'efforce de déplacer un objet, de créer une vibration, un son. Mais rien ne se produit. Rien qui puisse leur parler. Un matin, Line pénètre dans notre chambre. Elle ouvre l'armoire et en sort une veste bleue marine.

Elle avait toujours détesté cette veste, mais aujourd'hui, elle semble chercher quelque chose dans son tissu, ma présence, mon odeur. Je canalise toute mon énergie, essayant de m'imposer, de provoquer un tressaillement, une chaleur, une évidence qu'elle ne pourrait ignorer. Mais ses mains se relâchent, et ses épaules s'affaissent. Une larme solitaire glisse sur sa joue. Rien d'assez concret pour qu'elle lève les yeux, pour qu'elle comprenne. Elle repose la veste et quitte la pièce.

Léna est dans sa chambre, installée à son bureau, des crayons de couleur disposés minutieusement devant elle. Elle travaille sur un dessin complexe, son carnet de croquis ouvert sur une nouvelle page. Ses mouvements sont assurés, précis, révélant une maturité artistique que je n'avais pas pleinement appréciée auparavant. Je m'approche. Il y a chez elle une intuition, une réceptivité que je n'arrive pas à expliquer. Son univers, fait d'art et d'imagination, paraît plus accessible au mien que celui des autres. Peut-être parce qu'elle maintient cette connexion avec l'inexplicable.

Sur une étagère, la boîte à musique que je lui avais offerte repose, couverte d'une fine couche de poussière. Je me concentre sur elle, rassemblant tout ce que je peux. Progressivement, un léger tremblement traverse l'air. La boîte oscille, et un son ténu en sort, à peine plus qu'un murmure mécanique. Léna redresse vivement la tête.

Ses pupilles s'agrandissent, et elle examine la pièce avec une attention soudaine. Je l'observe, tendu. Elle interrompt son dessin, se lève avec une assurance tranquille et s'approche de l'étagère, puis tend la main vers la boîte. Ses doigts parcourent les motifs gravés.

— Papa... ? dit-elle, son ton plus curieux qu'effrayé.

Son appel me parvient avec la force d'une vague. Elle a détecté ma présence ! Elle m'a senti ! Elle fait tourner délibérément la clé, et la mélodie s'élève dans l'air, délicate et mélancolique. Une expression réfléchie éclaire son visage, et je ressens une sensation étrange m'envahir. Pour la première fois depuis si longtemps, je sens que je l'ai atteinte. Mais ce moment, aussi éphémère soit-il, s'estompe rapidement. Léna replace la boîte sur l'étagère et note quelque chose dans un petit carnet qu'elle sort de son tiroir. Je m'approche et aperçois un titre : "Choses inexpliquées". En dessous, une liste de dates et d'événements, soigneusement consignés de son écriture appliquée. Elle ajoute aujourd'hui et "boîte à musique activée seule" avant de ranger le carnet et de retourner à son dessin. Son visage conserve une expression attentive, comme si elle guettait un autre signe.

Tim est assis à son bureau, plongé dans ses devoirs. Ses traits sont tirés, marqués par cette gravité qu'il semble porter depuis des semaines. Sur son bureau, un livret de musique est ouvert. Une page annotée dépasse légèrement des autres. Je me concentre, déplaçant subtilement les feuilles pour mettre en évidence ces notes anciennes. Tim s'interrompt, lève la tête. Je retiens ma tension, attendant qu'il comprenne, qu'il se souvienne.

Mais il ferme précipitamment le livret et le range dans un tiroir. Pas un mot, pas une hésitation. Un obstacle s'est érigé entre nous, et je ne sais pas comment le surmonter. Je dirige mon attention vers le piano, cet instrument qui avait toujours été notre langage commun. Tim hésite, puis se lève et s'y dirige, comme attiré par une force qu'il ne comprend pas.

Il s'assoit, effleurant les touches. Pendant un instant, il reste là, comme absorbé dans ses réflexions.

Puis il commence à jouer, une mélodie hésitante, empreinte de tristesse. Je me focalise sur une note, un son spécifique. Je concentre toute mon énergie pour influencer son jeu, pour me manifester. Une touche vacille faiblement, et il s'immobilise net.

— Papa ? dit-il d'une voix faible.

Mon cœur s'emballe. Il m'a perçu. Mais presque aussitôt, il secoue la tête, rejetant l'idée comme une illusion. Il referme le piano d'un geste sec et retourne à son bureau.

La soirée tombe, et le calme envahit la maison. Line est dans le salon, assise dans la pénombre. Elle tient un vieux CD entre ses doigts, le faisant tourner lentement, elle est perdue quelque part entre la mélancolie et la réflexion. Je reconnais cet album. C'était notre bande-son de route, celle qui accompagnait nos voyages, nos escapades à deux. Je demeure près d'elle, suspendu. Lorsqu'elle insère le disque dans la chaîne stéréo et appuie sur « Lecture », quelque chose en moi s'éveille. Les premières notes s'élèvent timidement, comme un rappel enfoui qui refait surface. Je m'efforce de rester concentré pour lui faire sentir ma présence.

L'air circule dans la pièce, léger mais persistant. Une mèche de ses cheveux se soulève, caressant sa joue. Elle ferme les yeux. Sa respiration s'interrompt un instant. L'intensité du moment semble l'envahir complètement.

— Pierre... prononce-t-elle, d'une voix hésitante, comme si elle craignait d'articuler ce nom.

Mais aussitôt, elle hoche négativement la tête, repoussant cette impression, refusant d'y adhérer.

Elle se redresse, éteint la musique et replace le CD sur l'étagère. Sa démarche est pesante, incertaine, tandis qu'elle s'éloigne dans l'encadrement de la porte. Je demeure seul avec la mélodie qui s'évanouit, le cœur serré. Elle m'a ressenti, j'en suis convaincu. Mais quelque chose en elle la retient encore, comme une appréhension de s'abandonner à l'idée que je suis toujours présent. Au-dehors, la brise s'anime à nouveau. Une étoile, visible entre deux nuages, scintille avec plus d'intensité que les autres. Peut-être est-ce un signal. Peut-être est-ce mon espoir qui persiste obstinément. Demain, je recommencerai, avec une détermination renouvelée. Ces brèves connexions, bien que passagères, me prouvent que le voile entre nos mondes n'est pas infranchissable. Et pour ma famille, pour la vérité, je ne cesserai jamais d'essayer.

Chapitre 13 : L'éveil des doutes

Line franchit la porte de la salle de gym d'un pas traînant. La lumière blanche des néons accentue son air fatigué, presque absent. Le sac qu'elle porte à son épaule semble plus lourd qu'il ne l'est en réalité.

Sophie est déjà là, en train de s'étirer sur son tapis, ses mouvements précis et fluides tranchant avec la raideur de Line. Sans un mot, Line déroule son tapis à côté du sien et prend place. Ses gestes sont automatiques, privés de cette vivacité qui la caractérisait autrefois. Sophie, attentive, l'épie discrètement.

— Tu sembles épuisée, Line. Tu es sûre que ça va ?

Line décline d'un mouvement de tête, mais sa mâchoire se crispe.

— Je suis là, non ? lâche-t-elle. Le ton est neutre, presque défensif.

Sophie ne répond pas tout de suite.

— Hier, Léna m'a troublée, dit-elle finalement.

Line lève les yeux, surprise.

— Pourquoi ?

— Son dessin, reprend Sophie. La maison avec les ombres... Et puis, ce qu'elle a dit.

Line détourne la tête, comme pour éviter le poids de cette conversation.

— Oui. La maison avec des secrets...

Elle inspire profondément, et pour la première fois depuis qu'elle est entrée, elle semble hésiter, ses mains agrippant la serviette posée sur ses genoux.

— Et ce moment où elle s'est retournée... Elle a dit "Papa".

Le visage de Sophie se ferme.

— Tu crois qu'elle ressent quelque chose ?

— Je ne sais pas, souffle Line. Parfois, j'ai l'impression qu'elle perçoit des choses... des choses qu'on ne peut pas expliquer.

Sophie ne répond pas immédiatement, laissant à Line le temps de poursuivre.

— Hier soir, j'ai voulu écouter un vieux CD. Celui qu'on mettait toujours pendant nos voyages avec Pierre.

Un sourire furtif traverse ses lèvres, mais il s'efface aussitôt, remplacé par une ombre de mélancolie.

— Et il s'est passé quelque chose ? demande Sophie.

Line hésite avant de répondre, ses doigts jouant nerveusement avec un pli de sa serviette.

— Une brise. Il y a eu une brise, Sophie. Tout était fermé, les fenêtres, les portes… Mais j'ai senti l'air bouger, comme s'il était là.

Sophie se redresse, ses mouvements ralentis par la réflexion.

— Et si c'était un signe ?

Line se tourne vers elle, ses yeux étant cette fois empreints de fermeté.

— Sophie, tu imagines vraiment que Pierre peut faire bouger l'air pour m'envoyer un message ?

Sa voix est sèche, presque coupante, mais je perçois une faille dans sa colère. Une peur, peut-être, ou un espoir qu'elle refuse d'admettre.

Sophie garde son calme.

— Je ne sais pas, répond-elle. Mais pourquoi pas ? Peut-être qu'il essaie simplement de te dire qu'il est là.

Line détourne à nouveau le regard, comme si elle cherchait à fuir ces mots.

— C'est ridicule.

— Peut-être pas, reprend Sophie. Ce n'est pas une faiblesse d'y croire, Line.

Un vide sonore s'installe, tendu mais chargé d'une émotion presque palpable.

Line se lève finalement pour reprendre leurs exercices.

Alors que je me rapproche, cherchant un moyen de lui faire sentir ma présence, je m'arrête près d'une fenêtre. Line s'interrompt soudain, se redressant brusquement.

Ses yeux se tournent dans ma direction, ou du moins, là où elle croit avoir capté quelque chose.

— Qu'est-ce qu'il y a ? demande Sophie, visiblement surprise par la réaction de Line.

Line examine l'espace vide devant la vitre.

— Rien, finit-elle par répondre, d'une voix basse. Ce n'était rien.

Line rentre chez nous, ses pas résonnant subtilement sur le parquet du couloir. Elle laisse son sac de sport tomber près de l'entrée et reste figée un instant, comme si elle hésitait à aller plus loin.

La maison est plongée dans une quiétude, mais pas dans cette tranquillité paisible qu'elle aurait autrefois appréciée. Non, c'est un vide qui pèse, qui semble absorber chaque respiration. Line traverse le salon, jetant un œil furtif autour d'elle.

Ses yeux s'attardent sur une photo posée sur l'étagère. C'est une vieille photo de nous quatre, prise un jour de printemps, lors d'un pique-nique. Tim, Léna et moi faisions les clowns tandis qu'elle riait. Elle détourne rapidement les yeux, comme si cette simple idée était une brûlure.

— Pierre, dit-elle.

Mais elle ne termine pas sa pensée.

Elle se dirige vers la bibliothèque et observe les livres disposés sur les étagères de manière ordonnée. Ses doigts parcourent le bois, mais elle ne semble pas vraiment voir ce qu'elle touche.

Je concentre ce qu'il me reste de force sur un livre posé sur le bord de l'étagère. Il glisse lentement et subtilement. Mais Line ne le remarque pas.

Elle passe devant l'étagère sans s'arrêter, ses pensées manifestement ailleurs. Elle s'arrête finalement dans la chambre de Tim devant le piano. Ses doigts se posent sur le couvercle fermé, le caressant comme si elle s'adressait à lui.

— Tu joues si peu, maintenant, dit-elle.

Sa voix est faible, emplie de regrets.

Je me souviens de toutes ces soirées où Tim et moi passions des heures à jouer ensemble. La musique était notre langage secret. Mais aujourd'hui, le piano est muet, comme si sa mélodie s'était éteinte avec moi.

Line se détourne, laissant le piano derrière elle. Ses pas la mènent de retour dans le salon, jusqu'au canapé, où elle s'assoit lourdement. Je cherche une façon de l'atteindre. Mes forces faiblissent. Chaque tentative me laisse vidé, impuissant face à cette distance. Soudain, une vague d'air légère traverse la pièce. Elle semble survenir de nulle part, faisant frémir un papier posé sur la table. Line relève instantanément la tête, ses yeux parcourant la pièce avec une alerte presque nerveuse.

— Non… C'est absurde.

Elle se lève rapidement, comme pour fuir ce qu'elle refuse de croire.

La lumière du crépuscule baigne le jardin d'une lueur veloutée et mélancolique. Après avoir déambulé sans but précis dans la maison, Line attrape une couverture dans le placard du salon et sort, comme attirée par cet espace où nos moments ensemble semblent encore flotter dans l'air. Je suis fasciné par sa démarche lente et incertaine.

Elle s'arrête près du banc en bois que j'avais installé sous les rosiers. Ce même banc où nous passions des soirées à parler de tout et de rien, une tasse de thé ou un verre de vin à la main, tandis que les enfants dormaient à l'intérieur. Line s'assoit. Elle tire la couverture autour d'elle, cherchant un réconfort que je ne peux lui offrir. Ses yeux parcourent les fleurs qui entourent le banc, ces mêmes fleurs que nous avions plantées ensemble un printemps. Je me rappelle ses rires ce jour-là. Elle avait tenu la pelle maladroitement, jurant que ses mains n'étaient pas faites pour le jardinage. Et pourtant, elle avait insisté pour choisir chaque plante avec soin. Ses doigts effleurent une branche épineuse, et un soupir lui échappe.

— Tu me manques, Pierre.

La brise se lève modérément, un souffle qui fait frémir les pétales des rosiers. J'essaie d'amplifier ce mouvement, de créer quelque chose qu'elle puisse remarquer. Les pétales de la rose rouge, qu'elle préfère, se déplacent avec une intensité accrue, captant ainsi son attention. Line se fige, les yeux rivés sur la fleur, une lueur de doute traversant son visage.

— Si seulement… commence-t-elle, avant de s'interrompre.

Elle ferme les yeux et laisse l'air caresser son visage. Ses cheveux se soulèvent subtilement, comme elle les aimait autrefois, libres et sauvages.

Un papillon apparaît soudain, fragile et lumineux, et vient se poser tranquillement sur le bord de sa main. Je ressens son souffle se suspendre, elle admire attentivement cet insecte si délicat. Un sourire discret apparaît sur ses lèvres.

— C'est toi ? Elle ouvre les yeux, et son sourire s'estompe.

Elle secoue la tête, comme pour chasser une pensée absurde.

— Non, c'est insensé, souffle-t-elle.

Mais elle reste là, le papillon toujours posé sur sa main. Elle lève finalement les yeux vers le ciel, où les premières étoiles commencent à percer l'obscurité.

— Si tu étais là… Qu'est-ce que tu me dirais ?

Je rassemble toute mon énergie, concentré sur l'arrosoir posé près du parterre de fleurs. À l'arrière du jardin, je parviens à le faire basculer. Le bruit de l'eau qui se déverse attire immédiatement l'attention de Line.

Elle se redresse, surprise, et se dirige vers la source du bruit. Arrivée près de l'arrosoir renversé, elle s'agenouille pour examiner la situation. L'eau s'écoule justement vers les plants de menthe que nous avions spécialement choisis ensemble pour leur parfum. Line passe ses doigts sur les feuilles humides, libérant l'arôme intense qu'elle adorait. Elle reste là un instant, respirant cette odeur familière, puis lève la tête vers le ciel étoilé, son expression oscillante entre doute et espoir.

— Je te sens, dit-elle avec une émotion contenue.

Le parfum de la menthe mouillée envahit l'air du soir, créant un pont invisible entre nous, plus puissant que n'importe quel mot.

Léna est assise dans sa chambre, entourée de ses crayons éparpillés sur le tapis. Sa lampe de chevet diffuse une lumière chaude qui projette des ombres légères sur les murs.

Son carnet de dessin est ouvert devant elle, sur une page que je reconnais immédiatement : la maison avec les ombres suspendues au-dessus.

Elle observe son dessin avec une attention soutenue. Ses doigts hésitent un instant au-dessus de ses crayons avant d'en saisir un, noir, qu'elle manie avec soin. Elle commence à tracer une nouvelle forme sur la page, juste devant la maison. Une silhouette se dessine sous ses doigts : longiligne, sombre, presque inquiétante. Ses traits sont précis, comme si elle voyait cette figure dans son esprit avec une clarté absolue. Je ne la reconnais pas, mais quelque chose dans cette silhouette me dérange. Elle dégage une familiarité étrange, un message que je ne parviens pas à saisir. Léna repose finalement son crayon et observe son travail sans un mot. Ses grands yeux restent rivés sur cette silhouette, comme si elle attendait qu'elle lui révèle quelque chose. Tandis qu'elle referme son bloc-notes, elle replie ses genoux sous son menton. Elle guette par la fenêtre, son visage sans expression particulière. Je ne sais pas ce qu'elle perçoit, mais cette silhouette… elle m'inquiète autant qu'elle semble la fasciner.

Le soir plonge la maison dans une lumière tamisée. Line rassemble Tim et Léna dans le salon.

Elle pose une bougie sur la table basse et l'allume. La flamme oscille, projetant des ombres changeantes sur les murs, comme si elles répondaient à une légère variation de l'air.

— Venez, dit-elle. Prenons un moment pour penser à lui.

Elle s'assied sur le canapé et tapote l'espace à côté d'elle pour inviter Léna.

Tim s'installe à distance dans le fauteuil, son dos appuyé lourdement contre le dossier, les bras en croix, les yeux rivés sur le sol. Line inspire profondément, sa main glissant dans les cheveux de Léna.

— Votre père aurait voulu que vous soyez heureux, lance-t-elle, la voix teintée de cette fragilité qu'elle s'efforce de cacher.

Ses mots semblent flotter, intangibles, mais ils trouvent un écho. Léna lève timidement les yeux vers la flamme, captivée par ses mouvements imprévisibles.

— Tu penses qu'il peut nous entendre ? demande-t-elle, sa voix hésitante brisant la quiétude.

Line observe la lumière tremblante, pensive.

— Oui, je pense qu'il nous entend, dit-elle.

Tim détourne les yeux, son visage fermé trahissant une lutte intérieure.

— C'est juste une bougie, lance-t-il, un brin sec, comme pour dissimuler l'inconfort que ses mots lui causent.

Léna ne réagit pas. Ses yeux ne quittent pas la flamme. Line tend une main pour la prendre dans la sienne, mais l'enfant reste absorbée, comme hypnotisée.

Un bruit soudain interrompt le moment : un cadre posé sur l'étagère glisse lentement avant de tomber au sol. Le verre claque contre le parquet, mais ne se casse pas. Tim sursaute, ses bras se décroisant d'un geste instinctif.

— Qu'est-ce que c'était ? demande Léna, sa voix tremblante. Line se lève, ramasse le cadre, et le remet à sa place. Elle caresse la vitre avec tendresse, où se trouve une photo de nous quatre prise un jour de printemps.

— Peut-être un signe ? Léna, avec des yeux grands ouverts, lui demande.

— C'est lui, maman ? Line s'assoit à nouveau et enlace Léna.

— Peut-être, finit-elle par répondre, son ton calme mais chargé d'une émotion qu'elle ne parvient pas à masquer.

La quiétude retombe sur la pièce, mais elle n'a plus la même lourdeur. La flamme continue de vaciller, son éclat semblant répondre à une volonté insaisissable. Je me concentre, cherchant à leur envoyer un dernier message, quelque chose qu'ils ne pourront ignorer. Toute mon énergie converge vers cette flamme fragile. Elle oscille une dernière fois avant de s'éteindre soudainement, plongeant la pièce dans l'obscurité. Léna se blottit davantage contre Line.

— Il est encore là ? Line hésite, mais un sourire fugace apparaît sur ses lèvres.

— Oui, il veille sur nous, répond-elle finalement.

Leur respiration ralentit, et je reste près d'elles, présent mais apaisé.

Chapitre 14 : L'écho des murmures

Les jours s'effritent peu à peu, comme les pages d'un vieux livre que l'on tourne avec précaution. Chaque matin ressemble au précédent : une répétition immuable, une boucle infinie où rien ne semble vraiment changer. Mais sous cette monotonie apparente, quelque chose commence à bouger. Les voix ténues, ces vibrations insaisissables qui résonnent à travers les murs de la maison, s'intensifient. Elles deviennent plus claires, plus pressantes, comme si elles tentaient de me guider. Je m'y lie. Ces murmures discrets sont mon seul espoir, la seule preuve réelle que je ne suis pas seul dans cet état entre deux mondes. Chaque nuit, je me concentre pour les écouter.

Et cette nuit-là, tout change. La maison est tranquille. Line dort profondément à l'étage, et les enfants sont lovés dans leurs lits. Le salon est plongé dans une semi-obscurité, éclairé uniquement par la lumière de la lune qui filtre à travers les rideaux. Je me tiens là, attentif aux sons. Ils sont plus distincts que jamais, presque des voix.

Puis, soudain, je ressens une force étrange. Ce n'est pas physique, mais elle m'enveloppe, comme une marée crystalline. Une tendre lumière vacillante attire mon attention périphérique.

Avant que je ne puisse comprendre ce qui se passe, cette force m'emporte, me tirant hors de la maison, hors du temps, hors de tout ce que je connais. Quand je rouvre les yeux, je suis ailleurs. Un monde d'une étrangeté sublime s'étend devant moi, à la fois déroutant et envoûtant. L'air ici n'est pas seulement respirable, il est vivant. Il semble vibrer, pulsant, comme s'il portait une conscience propre. Chaque inspiration que je prends emplit mes poumons d'une énergie chaude et réconfortante, un contraste saisissant avec l'inquiétude qui m'habite. Un ciel infini s'étend au-dessus de moi, éclatant de couleurs que je ne saurais nommer. Des étoiles immenses, beaucoup plus proches que dans notre monde, scintillent comme des phares dans l'obscurité. Certaines se déplacent à leur rythme, traçant des arcs lumineux qui laissent derrière elles des traînées d'étincelles. Ces étoiles chantent. Ce n'est pas un chant que j'entends, mais que je ressens dans mes os, dans ma peau, dans tout ce que je suis. Devant moi s'étend une plaine infinie, parsemée de fleurs lumineuses qui pulsent en cadence, comme des cœurs vivants. Chaque pétale émet une lueur délicate et semble vibrer d'une musique subtile, un chœur harmonieux qui change au gré de mes pas. Je m'arrête un instant, captivé par leur éclat. Lorsque je tends la main pour toucher l'une de ces fleurs, elle se referme, puis s'ouvre à nouveau, émettant une lueur plus intense, comme si elle me saluait. Au loin, une rivière scintillante serpente à travers ce paysage.

Mais ce n'est pas une rivière ordinaire : son eau ressemble à de la lumière liquide, iridescente et mouvante. Le courant produit un son continu et harmonieux qui évoque en moi une familiarité particulière. Chaque goutte de cette rivière semble porter une histoire, une empreinte, ou peut-être une âme.

Les arbres qui bordent la rivière sont immenses, leurs troncs translucides parcourus de veines lumineuses.

Leur écorce, d'un argent pur, est parcourue de motifs changeants, comme des runes mouvantes. Leurs branches s'étendent comme des bras protecteurs, et lorsqu'un vent subtil les traverse, elles émettent un tintement clair et pur, semblable à celui d'un carillon de verre. Le sol sous mes pieds n'est pas solide. Chaque pas que je fais provoque une ondulation, comme si je marchais sur la surface d'un lac. Pourtant, je ne coule pas. Je flotte presque, porté par une force indétectable. Je me rends compte que ce lieu n'est pas réel dans le sens traditionnel. C'est un rêve, mais un rêve si vif, si réel, qu'il semble plus authentique que tout ce que j'ai connu.

Alors que je m'avance, attiré par la beauté hypnotique de cet univers, je distingue une silhouette au loin. Elle est assise au bord de la rivière, calme, les pieds dans la lumière liquide. Ses cheveux flottent, portés par une rafale légère que je ne ressens pas. Quelque chose en elle m'est immédiatement familier. Mon cœur s'accélère. Elle est là, dans ce rêve, mais elle semble différente. Sa posture, son visage, tout en elle dégage une sérénité que je ne lui ai pas vue depuis des années. Elle est habillée d'une robe blanche qui semble faite de la même lumière que la rivière.

Je m'approche prudemment, hésitant à troubler ce moment de paix. Elle contemple l'eau, l'esprit ailleurs. Puis, comme si elle avait pressenti ma présence, elle redresse la tête.

—Line. Ma voix, bien que basse, semble vibrer dans cet espace. Elle sursaute et tourne la tête, ses yeux cherchant quelque chose.

—Qui est là ? Sa voix, posée mais inquiète, résonne dans le lieu.

Je m'arrête à quelques mètres d'elle, rassemblant tout mon courage.

—C'est moi.

—C'est moi, Line.

Ses yeux s'écarquillent. Elle se lève avec précaution, cherchant autour d'elle une présence qu'elle ne peut pas voir.

—Je… je t'ai entendu. Est-ce toi ?

—Oui, c'est moi, répétais-je, cette fois plus fort.

—Je suis là.

Elle fait un pas en avant, puis s'arrête, incertaine. Ses mains tremblent, et je vois ses yeux se remplir de larmes.

—Mais comment ? Je ne comprends pas…

Je veux tout lui expliquer, mais les mots me manquent. Comment décrire l'indescriptible ?

—Je ne sais pas, Line. Mais je suis là. Je ne t'ai jamais quittée. Ses larmes coulent sans bruit.

—J'ai toujours su que tu étais là. Les petits signes... la musique, les objets déplacés... C'était toi, n'est-ce pas ?

—Oui, c'était moi. J'ai essayé de te montrer que je suis toujours là.

Elle porte une main à sa bouche, étouffant un sanglot.

—Pourquoi ? Pourquoi es-tu encore ici ? Pourquoi ne peux-tu pas revenir ?

Ces mots me brisent. Je voudrais tant lui donner une réponse, mais je n'en ai pas.

—Je ne sais pas, Line. Mais je suis là pour toi, pour Tim, pour Léna.

Elle pleure, mais une lueur apaisée brille dans ses yeux.

—Je t'aime, s'exprima-t-elle enfin.

—Je t'aime aussi, ma voix chargée d'émotion.

À cet instant, je ressens une connexion si profonde que le reste de l'univers semble s'effacer.

— Pierre... commença Line, sa voix tremblante.

Je l'observe, attentif mais sans parler, comme si j'attendais qu'elle trouve ses mots.

— Ce jour-là... j'ai appelé ta sœur Ellie mais je n'ai pas réussi à l'avoir et n'ai pas de nouvelle. Elle baissa la tête, ses doigts jouant nerveusement avec un pan imaginaire de sa robe.

— Je craignais aussi pour Tim. Il… il se renferme tellement depuis quelque temps. Et toi, tu étais si distant. Je ne savais plus quoi faire… Je voulais que tu m'aides. Que tu sois là pour lui, pour nous.

Une larme coula le long de sa joue, et elle releva avec précaution la tête.

— Mais maintenant… maintenant, c'est trop tard.

J'avançais d'un pas, tendant une main vers elle.

— Ce n'est pas trop tard, Line. Je suis là. Je veillerai sur vous, même d'ici. Tu n'es pas seule.

Line ferma les yeux un instant, laissant ces mots la traverser. Lorsqu'elle les rouvrit, elle avait l'air plus apaisée, comme si un poids venait de se dissiper.

— Merci, Pierre… C'était tout ce que j'avais besoin d'entendre.

Mais avant que je ne puisse dire ou faire quoi que ce soit d'autre, une brume commence à s'élever. Elle enveloppe tout, progressive mais inexorable.

—Non, reste ! crie Line, tendant une main vers moi.

Mais je suis tiré en arrière, emporté par une force que je ne peux contrôler. Ses cris s'estompent, remplacés par un vide sonore pesant. Lorsque la brume m'enveloppe et m'éloigne de Line, je ressens un mal sourd, comme un arrachement. Je veux lutter contre cette force, revenir vers elle, lui parler encore. Mais ce rêve a ses propres règles, et je ne peux les briser. Le vide m'accueille à nouveau. Mais cette fois, il n'est pas froid ni tranquille. Il vibre, vivant et chargé d'énergie. Les voix ténues reviennent, plus claires que jamais, comme des fragments de voix entremêlées. Elles m'entourent et m'appellent, prononçant mon nom.

—Tu avances. Tu es sur le bon chemin.

Cette voix, je la reconnais. Elle est plus nette, plus distincte. Elle n'est plus qu'un son ordinaire ; elle a une identité. Une sensation vive m'envahit, dissipant le désespoir de ma séparation avec Line.

Je tourne la tête, cherchant la source de la voix. Autour de moi, le vide s'emplit de lumières mouvantes, dansantes, comme des étoiles qui auraient quitté le ciel.

Ces lumières tourbillonnent, convergent, et peu à peu, elles prennent forme. Une silhouette émerge, d'abord floue, puis de plus en plus définie. C'est une femme. Une lumière apaisante émane d'elle, mais pas une lumière aveuglante. C'est une lumière chaude, réconfortante, comme celle du soleil au crépuscule. Elle avance avec précaution vers moi, ses traits encore indistincts.

—Qui es-tu ? ma voix tremblante d'émotion.

La silhouette ne répond pas immédiatement. Elle semble hésiter, ou peut-être veut-elle me laisser trouver la réponse par moi-même. Ses contours deviennent plus nets, et enfin, je la reconnais.

Un nom s'échappe de mes lèvres :

—Lou… c'est toi ?

La silhouette s'arrête. Elle ne parle pas, mais son expression bienveillante suffit.

Elle est tendre, et emplie d'une chaleur que je n'ai pas ressentie depuis si longtemps. À cet instant, je sais que c'est elle. Lou. Celle qui m'a toujours guidé à travers ces voix distantes, celle qui m'a conduit ici.

—Pourquoi es-tu là ? la gorge serrée.

—Est-ce toi qui m'as guidé jusqu'ici ?

Elle incline la tête, confirmant sans un mot.

Sa lumière semble vibrer, et soudain, je ressens une vague de chaleur qui m'envahit. Ce n'est pas juste une réponse ; c'est une promesse, un lien qui transcende les barrières de ce monde étrange.

—Je suis là pour t'aider, sa voix calme et mélodieuse.

—Même quand tu pensais être seul. Je suis là, et on va avancer ensemble.

Ses mots éveillent en moi une lueur d'espoir.

—Mais avancer vers quoi ? Je suis coincé ici. Je ne comprends pas ce que je dois faire.

—Demain tu comprendras.

Les bruits cessent brusquement, comme si un rideau tombait sur une scène. Je me retrouve projeté en arrière, comme tiré hors d'un rêve profond et vibrant. Mon esprit s'efforce de retenir la lumière, la chaleur et la voix de Lou qui résonne encore. Mais tout s'efface, remplacé par le calme de la chambre. La quiétude est totale, interrompue seulement par la respiration paisible de Line qui dort à mes côtés.

Je me rends compte que je suis de retour dans cette maison, dans cet espace familier, mais je me sens différent, transformé. Les voix lointaines m'ont ramené ici, comme une promesse inachevée. Line bouge dans son sommeil, une expression de contentement éclairant ses traits. Je ne l'ai pas vue ainsi depuis longtemps, détendue, presque radieuse. Elle semble animée d'une paix nouvelle. Peut-être a-t-elle aussi ressenti quelque chose ? Était-elle consciente de ma présence dans ce monde étrange et lumineux ? Était-elle, elle aussi, guidée par Lou ?

Un rayon de lumière traverse la fenêtre, annonçant l'aube. Alors que j'étudie le jour naissant, Line ouvre avec précaution les yeux. Elle reste allongée un instant, comme perdue dans une réflexion lointaine, avant de tourner la tête vers l'endroit où je me trouve. Mais, bien sûr, elle ne peut pas me voir.

— Quel rêve magnifique…

Je l'examine alors qu'elle s'assied au bord du lit, ses doigts caressant distraitement la couverture. Ses yeux brillent d'une émotion que je ne peux définir : de la nostalgie, peut-être, ou une sorte de joie mélancolique.

— Tu étais là, j'en suis sûre, dit-elle, presque comme si elle s'adressait à moi.

Elle se lève, traverse la pièce sans bruit, et descend les escaliers. Je la suis, flottant derrière elle, attentif à chacun de ses gestes. Dans la cuisine, elle allume la cafetière, puis s'assied à la table, son téléphone en main. Elle semble hésiter, ses doigts jouant avec l'appareil, avant qu'une vibration soudaine ne la fasse sursauter. Elle décroche presque immédiatement.

— Allô ? dit-elle, sa voix encore teintée de sommeil.

Je m'approche, curieux de savoir qui l'appelle si tôt. Une voix féminine familière se fait entendre à l'autre bout du fil.

— Tata, c'est Lou, dit la voix.

Mon cœur se serre à l'entente de ce nom. Lou. Le lien entre ce monde et l'autre devient plus évident.

— Lou ! s'exclame Line, surprise mais visiblement ravie. Quelle belle surprise ! Comment vas-tu, ma chérie ?

La voix hésite avant de répondre.

— Bien, enfin… ça va mieux. J'ai beaucoup pensé à toi ces derniers jours.

— Oh, tu sais que tu peux toujours compter sur nous, répond Line.

Après un instant, elle continue :

— Je voulais te demander quelque chose. Est-ce que je pourrais passer quelques jours chez vous ? J'ai besoin de m'éloigner un peu, de me retrouver.

Ma femme affiche une expression chaleureuse, illuminant ses traits.

— Bien sûr, ma chérie. Tu sais que cette maison est toujours ouverte pour toi. Quand veux-tu venir ?

— Demain, si ça ne dérange pas.

— Ça ne dérange pas du tout. Les enfants seront ravis de te voir. Moi aussi, d'ailleurs.

La conversation se termine sur quelques mots affectueux, et Line pose son téléphone sur la table, pensive.

Je suis fasciné par l'étrange synchronisation des événements. Lou, ma nièce bien réelle, arrive demain, alors même que l'autre Lou, celle qui m'a guidé dans cet étrange voyage, m'a dit : "Demain, tu comprendras." Je sens une énergie nouvelle s'installer dans la maison. Ce n'est pas encore de la clarté, mais une sorte d'élan, comme si quelque chose de vital était sur le point de se produire.

Line, elle aussi, semble différente. Son visage est plus détendu, ses gestes plus assurés. Peut-être que, sans le savoir, elle commence à sentir ma présence, à croire que je suis encore là. Plus tard, dans l'après-midi, alors qu'elle prépare la chambre d'amis pour Lou, elle s'arrête un instant devant une vieille photo posée sur une étagère.

C'est une photo de famille, prise il y a plusieurs années. Nous y sommes tous : Line, les enfants, Lou, et moi.

— Tu me manques, lance-t-elle, les yeux brillants de larmes.

Je sens qu'elle le sait, qu'une partie d'elle commence à accepter cette vérité. La journée s'achève dans une atmosphère calme mais chargée d'anticipation. Les enfants, sont impatients de revoir leur cousine, et Line semble étrangement sereine.

Ce soir-là, alors que la maison plonge dans le calme, je ressens à nouveau cette présence. Pas une voix feutrée cette fois, mais une agréable sensation diffuse, un souffle d'apaisement. Lou, ma guide, n'a pas disparu.

Elle attend, quelque part, prête à m'aider à comprendre ce que je dois faire, ce que je dois accomplir pour avancer. Demain, lorsque Lou franchira le seuil de cette maison, je saurai.

Le fil entre les deux mondes se resserre, et je suis prêt à découvrir où il mène.

Chapitre 15 : Lou

Cela faisait des années que Lou, ma nièce et la fille de Stéphanie, ne nous avait pas rendu visite. Lou, d'une vingtaine d'années, avait toujours été une énigme au sein de notre famille. Petite et fine, elle avait un visage d'une pâleur presque irréelle, comme si le soleil avait toujours évité sa peau. Ses cheveux bruns, souvent laissés libres, encadraient des traits délicats mais marqués par une tristesse profonde. Lou n'avait jamais été une enfant comme les autres.

Dès son plus jeune âge, elle voyait ce que personne d'autre ne pouvait voir. Des formes floues dans les couloirs, des ombres postées au pied de son lit, des paroles ténues qui s'élevaient dans le calme de la nuit. Au début, elle croyait que tout le monde les voyait. Qu'il fût normal qu'une femme inconnue apparaisse dans le salon, en pleurs, ou qu'un homme sans paroles reste immobile près du seuil d'une pièce.

Elle parlait d'eux avec innocence, comme n'importe quelle petite fille raconterait ses rêves. Jusqu'au jour où sa mère s'était arrêtée net, une tasse à la main.

— De qui tu parles, Lou ?

— La dame, là, juste derrière toi…

Stéphanie s'était retournée, mais il n'y avait rien. C'est à cet instant que Lou comprit qu'elle était seule à voir ces âmes errantes.

Avec le temps, elles devinrent plus nombreuses, plus insistantes. Certaines la fixaient sans dire un mot, d'autres lui chuchotaient des mots qu'elle ne comprenait pas. Parfois, elles essayaient de l'atteindre, comme si elle pouvait leur offrir quelque chose qu'elles cherchaient avec force. Elles ne voulaient pas lui faire peur. Elles voulaient de l'aide. Petite, elle se cachait sous son lit, les mains plaquées sur ses oreilles, espérant faire taire ces présences invisibles. Mais elles ne disparaissaient jamais. Elles l'attendaient, sans se presser.

Un soir, tout changea. Elle avait dix ans. Ce n'était plus une simple présence dans l'ombre ou un son lointain. Cette nuit-là, un homme se tenait assis au pied de son lit. Il n'était pas flou comme les autres. Son visage était net, marqué par une grande tristesse. Il ne parlait pas, mais dans ses yeux—ou ce qui en tenait lieu—il y avait une attente. Lou se recroquevilla contre le mur, tremblante. Son cœur battait très fort. Elle voulait crier, appeler sa mère, fermer les yeux et espérer qu'il disparaisse. Mais il restait là. Sans bouger. Attendant. Un moment de calme s'installa dans la chambre. Lou sentait chaque battement de son cœur dans ses tempes.

Puis, petit à petit, elle trouva son courage et dit :

— Qu'est-ce que tu veux ?

Aussitôt, l'apparition se dissipa comme une brume chassée par le vent. Ce fut le premier qu'elle libéra.

Ce soir-là, Lou comprit qu'elle pouvait les aider au lieu d'en avoir peur. Elle avait le pouvoir de les aider au lieu de les craindre. Elle était une passeuse d'âmes. Ces êtres venaient vers elle non pas pour lui faire peur, mais parce qu'ils attendaient quelque chose. Un signe, une parole, une présence capable de les apaiser. Elle ne savait pas pourquoi elle. Ni pourquoi certains partaient après un simple mot, tandis que d'autres restaient figés dans leur errance. Mais elle savait une chose : ils avaient besoin d'elle. Alors elle apprit à écouter. À ne plus fuir. À accepter son rôle, sans jamais en parler à personne. Lou devint celle qui entendait ce que les autres ne pouvaient pas. Et malgré le poids de ce don, elle garda le secret.

Avec le temps, Lou avait fini par s'habituer à ce don. Mais elle avait aussi appris à éviter les vivants autant que les morts. Moins elle parlait, moins elle expliquait, mieux elle se portait. Elle avait grandi loin de tout, gardant les autres à distance. Mais cette fois, elle n'avait pas pu fuir.

Depuis quelques jours, quelque chose l'appelait. La sensation était étrange, différente de ce qu'elle avait connu jusqu'ici. Une présence qui ne disparaissait pas, qui ne s'effaçait pas comme celles qu'elle croisait d'habitude. Des mots à peine audibles qui restaient dans l'ombre, quelque chose d'inachevé qui flottait autour d'elle.

Puis il y avait eu ce rêve. Un message confus, des images en morceaux. Un appel. Elle savait ce que cela signifiait. Elle devait revenir.

Et c'est ainsi qu'elle se retrouva là, les doigts serrés sur le volant de sa voiture, garée devant la maison de Line après des années d'absence.

Lou étudia la façade, son cœur étrangement lourd. Elle n'aimait pas être ici. Mais elle n'avait pas le choix.

Le soir de son arrivée, la maison était plongée dans un calme étrange. Finalement, la portière s'ouvrit, et Lou apparut. Elle portait un long manteau noir, ses cheveux bruns tombant en mèches désordonnées autour de son visage pâle. Sa taille frêle semblait presque se fondre dans l'ombre du crépuscule. Line se dépêcha pour ouvrir la porte avant que Lou ne frappe.

— Bonsoir, Lou, dit-elle, tentant de cacher sa nervosité.

— Bonsoir, répondit Lou d'une voix à peine audible.

Un moment gênant s'installa. Line hésitait à l'embrasser, mais Lou ne bougea pas. Finalement, elle fit un sourire forcé.

— Entre, ne reste pas là.

Lou franchit le seuil, ses yeux clairs parcourant la maison avec une intensité troublante. Elle semblait chercher quelque chose, ou peut-être quelqu'un.

— Ça fait longtemps, reprit Line, brisant avec peine le calme. Lou déposa son sac près de la porte et jeta un œil autour d'elle, comme si elle explorait un territoire inconnu.

— Tu veux boire quelque chose ? Un thé, peut-être ?

— Non, merci, répondit Lou rapidement, son ton presque sec.

Line, surprise, sentit un nœud se former dans son estomac. Elle voulait lui poser des questions, mais les mots restaient coincés.

— Je vais monter mes affaires, ajouta Lou après un moment.

Line la suivait des yeux alors qu'elle montait les escaliers. Un soupir lui échappa. Cette visite s'annonçait plus compliquée qu'elle ne l'avait imaginé.

Le matin suivant, Lou se réveilla tôt. Elle n'avait pas bien dormi. Je le savais, car j'avais essayé de lui parler. Dans son sommeil, elle m'avait senti. Une forme sombre, des morceaux d'images qu'elle ne comprenait pas. J'avais voulu lui dire quelque chose, mais chaque mot s'effaçait avant de l'atteindre. Elle s'était réveillée contrariée. Elle ne comprenait pas. Pas encore.

Dans le jardin, Tim et Léna ramassaient des feuilles mortes sous l'œil attentif du chien. Tout semblait normal. Et c'était bien ça, le problème. Lou s'arrêta à quelques pas d'eux, les observant sans bouger. Il y avait quelque chose de bizarre dans ce calme, une sorte d'absence qu'elle ne pouvait pas ignorer. Elle prit une grande respiration avant d'avancer.

— J'ai besoin de vous parler.

Les enfants s'arrêtèrent. Tim lâcha une branche sans y faire attention. Léna enroula un pan de son pull autour de ses doigts. Ils échangèrent un rapide coup d'œil avant de s'asseoir face à Lou dans l'herbe.

— C'est à propos de votre père, annonça-t-elle d'une voix égale, contrôlant du mieux possible l'agitation en elle.

Tim, la mâchoire serrée. Léna replia ses jambes contre elle.

— Quoi, papa ? Lou hésita une seconde.

— Depuis que je suis ici... j'ai senti quelque chose.

Tim resta sans parler. Léna bougea un peu sur place, les épaules tendues.

— Quelque chose comme quoi ? demanda-t-elle enfin.

Lou ne chercha pas à cacher la vérité.

— J'ai rêvé de lui. Léna sursauta.

— Papa ?

— Oui. Il était là, il essayait de me dire quelque chose, mais... je n'arrivais pas à comprendre.

Un poids tomba sur l'ambiance. Tim fixait l'herbe devant lui, Léna serrait ses genoux contre son torse.

— Tu veux dire qu'il est encore ici ?

J'étais là. Lou laissa passer un instant avant de répondre.

— J'imagines que oui. Tim tourna la tête, comme si dire cette idée à voix haute rendait la situation plus vraie.

— Ici... comme un fantôme ?

— Pas vraiment, répondit Lou, son ton plus doux. Il est... coincé.

Léna agrippait le tissu de son pull, respirant à peine.

— Coincé ?

Lou se redressa un peu.

— Entre deux mondes. Comme s'il ne pouvait pas partir.

Elle nota leur réaction. Aucun d'eux ne répondit tout de suite. Léna mordillait l'intérieur de sa joue, Tim serrait la mâchoire. Puis, plus faiblement, Léna admit :

— Moi aussi, j'ai senti quelque chose.

Lou pencha la tête.

— Quoi ? Léna hésita, sa respiration plus rapide.

— Parfois, dans ma chambre… j'ai l'impression qu'il est là. Pas comme une ombre qui fait peur. Mais… comme une présence. Sa voix trembla presque sur le dernier mot.

Un frisson froid traversa Lou. Elle tourna son attention vers Tim.

— Et toi ?

Il prit un moment avant de parler.

— Pas comme Léna… mais il y a une chose.

Sa voix était plus grave, plus retenue.

— Mon livret de musique… Il se retrouve souvent ouvert sur la même partition. Toujours la même.

Lou s'arrêta un instant.

— Laquelle ?

— Celle que papa aimait que je joue. Léna tourna son visage vers lui, un air confus dans les yeux.

— Pourquoi tu ne m'as rien dit ? Tim haussa les épaules, les mains enfoncées dans la terre.

— Parce que je ne savais pas quoi en penser. J'ai d'abord cru que c'était moi qui l'avais laissé ouvert. Mais ça arrive trop souvent. Lou respira doucement, ses pensées tournant vite.

— Ce n'est pas un hasard, dit-elle.

Léna tapota sans y penser le sol du bout des doigts, perdue dans ses réflexions.

— Alors pourquoi il ne peut pas juste… revenir ?

Lou baissa un peu la tête.

— Parce qu'il y a quelque chose qui le retient. Tim prit une profonde respiration, ses épaules se levant avant de retomber.

— Tu crois que ce n'est pas un accident ?

Lou écarta doucement les doigts, comme si elle essayait de retenir quelque chose d'invisible.

— Je ne sais pas, admit-elle. Mais si c'est le cas, il a besoin qu'on découvre la vérité.

Un instant passa entre eux.

Puis, Léna releva les yeux, sa parole à peine perceptible :

— Alors, qu'est-ce qu'on fait ?

Lou s'appuya sur ses genoux, donnant du poids à ses mots.

— On cherche.

Elle prit le temps de s'assurer qu'ils l'écoutaient.

— Il y a peut-être quelque chose dans cette maison qui pourrait nous aider à comprendre ce qui s'est passé.

Tim et Léna se tournèrent l'un vers l'autre. Mais cette fois, ce n'était plus de l'incertitude entre eux. C'était une décision.

— On va chercher, déclara Tim, sans hésiter.

Lou laissa sortir un petit souffle. Ils ne le savaient pas encore. Mais c'était à eux de continuer. Lou sentit une vague d'émotion l'envahir.

Pour la première fois, elle ne se sentait pas seule face à cette quête.

— Merci. Ensemble, on va y arriver.

Le soir venu, après une journée passée à explorer la maison, Lou rejoignit Line dans le jardin. Elles s'assirent sur le vieux banc, sous un ciel étoilé.

— Merci d'être venue, dit Line.

Lou resta sans parler un moment avant de répondre.

— Je n'avais pas le choix.

Line tourna la tête vers elle, intriguée.

— Qu'est-ce que tu veux dire ?

Lou prit une grande respiration.

— J'ai rêvé de lui. Avant même de venir ici. Et je pense qu'il essaye de nous dire quelque chose.

Line se raidit, son cœur battant plus vite.

— Toi aussi ? Lou se tourna vers elle, surprise.

— Tu as rêvé de lui ?

— Oui. Et c'était tellement… réel.

Lou posa une main sur son bras, d'un air sérieux.

— Ce n'était pas qu'un rêve, Line. Il essaye de te parler. À nous tous. Il est possible de l'aider, à condition de collaborer.

Le calme de la nuit enveloppait le jardin, seulement troublé par le bruit des feuilles agitées par un petit vent. Line restait sur le banc, observant les étoiles, comme si elle cherchait un abri dans leur lumière lointaine. Lou, à ses côtés, semblait aussi perdue dans ses pensées. Mais contrairement à Line, elle semblait en paix, comme si quelque chose en elle venait de se débloquer.

— Je ne savais pas… Line dit soudainement, brisant le calme. Lou tourna la tête vers elle, attentive.

— Je ne savais pas que tu portais tout ça en toi, reprit Line. Depuis toujours.

Lou avait un sourire triste sur ses lèvres.

— Ça n'a jamais été facile à expliquer, tata. Les gens… ils ne comprennent pas ce qu'ils ne voient pas. Alors, c'est plus simple de garder ça pour soi.

Line fit oui de la tête doucement, comme si elle comprenait enfin une partie de ce mystère qui entourait Lou depuis si longtemps.

— Ça a dû être… tellement lourd à porter.

Lou hésita, ses pensées se perdant dans le noir des arbres.

— C'est vrai, dit-elle finalement. Mais ça m'a aussi appris à voir les choses autrement. À accepter qu'il y ait des choses qu'on ne peut pas expliquer.

Line sentit son cœur se serrer en écoutant ces mots. Elle avait toujours vu Lou comme une jeune femme distante, difficile à saisir, presque froide. Mais maintenant, elle voyait autre chose.

Une force, née d'une solitude imposée par des expériences qu'aucun enfant n'aurait dû vivre.

— Tu sais, continua Line, je t'ai toujours mal comprise.

Lou releva la tête, surprise par cet aveu.

— Mal comprise ?

— Oui. Quand tu venais petite, tu étais toujours à l'écart, toujours loin. Je pensais que tu ne voulais pas être avec nous. Mais maintenant… je me rends compte que je n'ai jamais essayé de te comprendre.

Lou baissa les yeux, jouant avec une mèche de cheveux.

— Ce n'est pas ta faute, répondit-elle. Je ne voulais pas qu'on me comprenne. Je ne voulais pas qu'on sache ce que je voyais. C'était plus facile de me cacher.

Line sentit une étrange chaleur envahir son cœur. Pour la première fois, elle sentait que Lou baissait sa garde, qu'elle lui permettait de voir une partie de sa fragilité.

— Je suis heureuse que tu sois là, finit-elle par dire, sa voix pleine de vérité.

Lou leva les yeux, gardant son calme.

— Moi aussi.

Un silence confortable s'installa entre elles, différent de celui qui les avait entourées jusque-là. Il n'y avait plus cette distance, ce poids de l'incompréhension.

C'était un moment apaisant, comme si elles avaient trouvé un terrain commun, un lien qu'elles n'avaient jamais su créer avant.

— Tu sais, tata, dit Lou après un moment, je ne suis pas très douée pour ce genre de choses... les discussions, les relations... Line rit, un son léger qui flotta dans l'air comme une brise.

— Moi non plus, Lou. Mais on fait ce qu'on peut.

Lou fit un vrai sourire cette fois, sincère et lumineux.

— Peut-être qu'on peut essayer, alors. Line baissa la tête, les larmes menaçant de couler à nouveau.

— Oui, on peut essayer.

Elles restèrent là encore un moment, côte à côte, observant le ciel. Aucun mot n'était nécessaire. Le simple fait d'être ensemble suffisait, pour cette nuit-là.

Chapitre 16 : Le Coffre des Secrets

Lou ouvrit les yeux, la tête encore envahie par une étrange sensation qui la suivait depuis la veille. Quelque chose dans cette maison semblait l'appeler, comme si des idées enfouies cherchaient à remonter à la surface. Après un instant, elle se redressa et se prépara paisiblement avant de dévaler les escaliers. L'arôme familier du café emplit ses narines, lui procurant un doux répit. Sur le comptoir, une cafetière pleine patientait, laissée là par Line. Lou se versa une tasse et s'installa à la table de la cuisine, les paumes entourant le mug chaud. Son esprit vagabonda dans le vide tandis qu'elle méditait.

Des images floues du grenier s'imposèrent à sa conscience. Enfant, ce lieu l'avait toujours fascinée. Elle se remémorait particulièrement un coffre imposant, trônant dans un recoin sombre et poussiéreux. L'envie d'y retourner, d'entrouvrir ce qui paraissait être un portail vers le passé, devenait irrésistible.

Alors qu'elle dégustait son café, des pas discrets résonnèrent dans le corridor. Léna entra dans la cuisine, encore engourdie par le sommeil. Elle traînait les pieds, ses cheveux en désordre, les yeux à peine ouverts.

— Bonjour, marmonna-t-elle en prenant place face à Lou.

— Salut, Léna. Bien reposée ? s'enquit Lou en esquissant un sourire.

Léna demeurait distante. Elle saisit un bol et versa du chocolat chaud.

— Pas vraiment, répondit-elle après une longue pause.

Lou releva la tête, intriguée par l'intonation sérieuse de Léna.

— Pourquoi ?

Léna manipula distraitement sa cuillère avant de répondre :

— J'ai rêvé de papa cette nuit.

Lou déposa sa tasse.

— Raconte-moi, dit-elle, attentive.

— Il affirmait qu'on devait rechercher quelque chose, poursuivit Léna, sa voix légèrement hésitante.

Ces paroles provoquèrent un frisson chez Lou. Elle s'inclina en avant, concentrée.

— Rechercher quoi ?

— Je l'ignore, avoua Léna.

Mais il arborait un air grave. Lou sentit son intuition s'amplifier. Elle posa sa main sur celle de Léna, comme pour la rassurer.

— Léna, va chercher Tim, s'il te plaît. J'ai une idée.

Léna dit oui avant de quitter la cuisine, laissant Lou seule avec ses pensées. Elle comprenait qu'elle était sur le point de dévoiler quelque chose d'essentiel.

Le grenier l'attirait plus intensément que jamais. Quelques minutes plus tard, Lou se tenait devant le passage menant au grenier. À ses flancs, Tim et Léna l'observaient avec des expressions divergentes : l'un méfiant, l'autre curieuse.

— Pourquoi on monte là-haut ? demanda Tim, les mains sur les côtés.

— Il y a un coffre, expliqua Lou.

Tim leva un sourcil, pas convaincu.

— Et alors ? Un vieux coffre, ce sont juste des vieilleries.

— Pas nécessairement, insista Lou. Ce grenier recèle peut-être des éléments cruciaux.

— Comme quoi ? rétorqua Tim.

— Des éclaircissements, déclara Lou, sa voix mesurée.

Elle déposa une main sur la poignée, tergiversa un instant, puis poussa lentement la porte. La clarté du jour filtrait à travers de minuscules lucarnes, illuminant uniformément l'espace.

Les objets entreposés étaient dissimulés sous des draps poussiéreux, tandis que des poutres de bois apparentes conféraient au lieu une ambiance familière. Contrairement à leurs attentes, le grenier n'avait rien de lugubre.

Dans un angle, le coffre imposant se distinguait, presque majestueux, comme un gardien silencieux des mystères du passé. Tim était impressionné malgré lui.

— C'est immense, s'exclama-t-il, la voix empreinte d'un étonnement qu'il ne tenta même pas de dissimuler.

Léna, plus prudente, tira sur la manche de Lou.

— Tu es sûre qu'on devrait ? demanda-t-elle, hésitante. Lou, debout face au coffre, ressentit une étrange vibration la parcourir.

Ce n'était pas uniquement de la curiosité : c'était une conviction. Une part d'elle-même pressentait que ce qu'ils allaient découvrir ici modifierait tout.

— Oui, répondit-elle avec sérénité, comme pour apaiser Léna. On doit comprendre.

Elle s'agenouilla devant le coffre, ses genoux touchant la poussière accumulée au fil des années. Posant ses mains sur le couvercle, elle ferma les paupières, inspirant profondément.

— Prêts ? interrogea-t-elle en levant les yeux vers ses cousins.

Tim et Léna échangèrent un coup d'œil, un mélange d'appréhension et d'anticipation dans leurs expressions.

Puis ils opinèrent d'un mouvement de tête. Avec délicatesse, Lou souleva le couvercle.

Le bois geignit dans un gémissement sourd, brisant le silence oppressant du grenier. Un parfum de papier jauni et de bois ancien flottait dans l'atmosphère, enveloppant les trois explorateurs. Ce qu'ils allaient y dénicher surpassait leurs espérances. À première vue, le coffre renfermait un assemblage hétéroclite d'objets : missives jaunies, étoffes délicatement brodées, clichés fanés, et d'autres trésors oubliés.

Chaque objet semblait raconter une histoire, porter un morceau de leur histoire familiale. Léna fut la première à plonger la main dans le coffre.

Elle en sortit un vieux calendrier de basketball. En le feuilletant avec précaution, elle tomba sur une image en noir et blanc, capturant son père en pleine action sur le terrain.

— C'est papa. Elle caresse l'image du bout des doigts. Tim se pencha pour mieux examiner, un sourire naissant sur ses lèvres.

— Il donnait l'impression d'adorer ça, constata-t-il.

Lou, silencieuse, prit un moment avant de saisir un médaillon en argent enveloppé dans un tissu brodé. Elle dénoua le tissu et ouvrit le bijou. À l'intérieur, une photographie presque effacée dévoilait les visages de deux nourrissons.

— Tu sais qui c'est ? demanda Tim, curieux.

Lou nia d'un signe de tête.

— Probablement des aïeux.

Sous une liasse de correspondances, Tim dénicha une coupure de journal pliée en quatre.

En la dépliant, il découvrit une photographie de leur famille rassemblée autour d'une grande soupière fumante.

— Le tournoi de soupe ! s'écria-t-il, son visage s'illuminant.

— Tu t'en souviens ? Papa insistait constamment pour qu'on incorpore des herbes fraîches à la dernière minute, raconta-t-il en souriant.

— Et Léna avait presque renversé la soupière en virevoltant autour ! ajouta Tim, taquinant gentiment sa sœur.

— Ce n'était pas moi ! protesta Léna, les joues empourprées. C'est toi qui m'avais bousculée !

Les éclats de rire légers qui suivirent dissipèrent l'atmosphère accablante du grenier. Ils retrouvèrent, l'espace d'un instant, la chaleur des instants partagés.

En poursuivant leurs investigations, Lou extirpa un jeu de tarot soigneusement enveloppé. Elle l'identifia instantanément.

— Il appartenait à maman, confia-t-elle avec une touche de nostalgie.

Elle défit délicatement le tissu protecteur, révélant un jeu de tarot aux cartes magnifiquement illustrées. Chaque carte présentait des images richement détaillées, aux teintes éclatantes et aux symboles profonds, caractéristiques du Tarot de Marseille. Lou mélangea les cartes avec soin, percevant le poids des souvenirs dans chaque mouvement. Les cartes glissaient entre ses doigts, émettant un subtil bruissement, tel un murmure du passé.

— Tu sais les lire ? demanda Tim, intéressé.

— Un peu. Maman m'avait enseigné quelques rudiments, répondit Lou en esquissant un sourire.

Elle disposa les cartes en éventail devant elle, les paupières closes un instant, se focalisant sur l'énergie du moment. Puis, avec une lenteur cérémonielle, elle tira une carte et la retourna.

— Le Mat, annonça-t-elle.

La carte illustrait un voyageur, un baluchon sur l'épaule, s'avançant vers un précipice, escorté d'un chien. Ses yeux fixaient le ciel, ignorant le danger proche.

— Qu'est-ce que ça signifie ? demanda Léna, intriguée.

Lou prit une profonde inspiration, se remémorant les enseignements maternels.

— Le Mat symbolise le début d'un voyage, une nouvelle aventure pleine d'incertitudes. Il représente la liberté, l'inconnu, mais aussi les risques liés à l'imprévu. C'est une invitation à sortir de sa zone de confort, à accepter le changement, expliqua-t-elle.

Tim scruta la carte, sceptique.

— Donc, cela suggère qu'on doit s'embarquer dans quelque chose de nouveau ?

— Peut-être, répondit Lou. Ou peut-être que cela reflète notre situation actuelle. Nous sommes en quête d'éclaircissements, disposés à affronter l'inconnu.

Léna, en contemplant la carte, murmura :

— Est-ce un signe de papa ?

— Possiblement. Ou peut-être est-ce simplement le miroir de nos propres désirs et craintes. Le tarot est souvent un reflet de notre subconscient.

Elle rangea la carte avec précaution, puis enveloppa le jeu dans son tissu originel.

— Continuons nos explorations. Peut-être dénicherons-nous d'autres indices.

Elle vit ensuite une planche de Ouija enfouie sous un amas de tissus.

— Une planche de Ouija ? s'étonna Tim, surpris.

— Effectivement. Léna s'approcha, fascinée.

— On tente ? Tim hésita, sa défiance naturelle reprenant le dessus.

— Et si… ça fonctionne vraiment ?

Lou inspira profondément. Ce coffre n'était pas uniquement un réceptacle ; il semblait également être un passage vers des réponses qu'ils recherchaient tous, même inconsciemment.

— Essayons, dit-elle sereinement.

Ils s'installèrent autour de la planche, leurs doigts effleurant à peine la goutte de verre, prêts à confronter ce que cette séance pourrait leur révéler. Assis en cercle, Lou, Tim et Léna paraissaient captifs d'un moment suspendu, entre curiosité et appréhension.

La clarté pâle des lucarnes sculptait des ombres vacillantes sur les parois poussiéreuses, accentuant l'ambiance irréelle du grenier.

Leurs doigts s'approchaient de la goutte de verre avec précaution pour ne pas la faire bouger. Léna semblait anxieuse, les yeux grands ouverts. Tim était tendu et passait son attention de la planche à sa cousine et à sa sœur, comme s'il attendait ce qui allait se passer.

J'étais conscient que cet instant constituait peut-être ma seule opportunité de me faire entendre. J'avais patienté, accumulé toute mon énergie pour ce moment.

Lou prit une profonde inspiration, sa voix tremblotante lorsqu'elle rompit le silence :

— Y a-t-il quelqu'un ici avec nous ?

Léna rapprocha ses mains de la goutte de verre. Tim arqua un sourcil, son scepticisme manifeste, mais il demeura immobile.

Je mobilisai toute ma volonté, toute la vigueur qui me subsistait. Graduellement, si lentement, la goutte commença à se mouvoir. Une légère vibration initiale, suivie d'un déplacement assuré, glissa sur la planche pour s'immobiliser sur le mot : OUI.

— Vous avez aperçu ça ? Tim s'exclama, en se redressant.

— C'était peut-être un courant d'air... ou vous avez poussé, lâcha-t-il, bien que sa voix manquât d'assurance.

Non, Tim. C'était moi. Je suis présent. Lou, s'exprima à nouveau avec une voix plus ferme :

— Qui es-tu ?

Je fis glisser la goutte de verre avec délicatesse, formant lentement les lettres : P-A-P-A.

Léna porta une main frémissante à sa bouche, des larmes montant dans ses yeux. Tim se figea, ses mains crispées sur ses genoux, fixant la planche comme s'il espérait y discerner une explication rationnelle.

— C'est… c'est lui ? s'écria Léna, sa voix presque brisée par l'émotion.

— Peut-être que… commença Tim, mais il s'interrompit, incapable de trouver une justification logique à ce qu'il contemplait.

Lou, plus sereine malgré l'intensité du moment, posa une autre question.

— Tonton… es-tu heureux ?

La simplicité de cette interrogation me serra le cœur. Heureux ? Comment pouvais-je l'être sans eux ? Mais je ne souhaitais pas les décevoir. Alors, graduellement, je fis glisser la goutte sur OUI.

Les pleurs de Léna roulèrent silencieusement sur ses joues, tandis que Tim secouait la tête, comme pour refouler une émotion qu'il refusait d'exhiber.

Lou, après un instant chargé de tension, demanda :

— As-tu été assassiné ?

J'ai concentré mes efforts, mais ma mémoire, trouble et fragmentée, m'a empêché de répondre avec précision. La goutte bougea, hésitante, s'immobilisant sur les lettres P-T.

— P-T ? Qu'est-ce que ça veut dire ? demanda Lou, perplexe.

Je désirais tout leur dévoiler, tout expliciter, mais les mots semblaient s'échapper de ma portée. Une barrière invisible, insurmontable, m'en privait. Lou inspira profondément, déterminée.

— Y a-t-il quelque chose dans ce grenier qui peut nous guider ?

Je rassemblai une ultime fois mon énergie et fis glisser la goutte sur OUI.

— Papa… on va découvrir ce qui s'est passé, je te le promets, déclara Léna, sa voix vacillante mais pleine de conviction.

Mon cœur se contracta. Ils étaient résolus à tout affronter pour dévoiler la vérité. Alors, je dirigeai la goutte vers l'expression: AU REVOIR.

Personne ne parla. Ils restèrent sans bouger un instant, réalisant ce qu'ils venaient de vivre. Lou, la première à s'animer, replaça la planche à proximité du coffre.

— Vous estimez que c'était véritablement lui ? questionna Tim, sa voix brisant le calme.

— Oui, confirma Lou, avec certitude.

Léna affichait une expression de détermination.

— Il veut qu'on trouve quelque chose. Et on le fera.

Le grenier retrouva sa quiétude après la séance. Lou, Tim et Léna restèrent immobiles un moment, comme s'ils attendaient qu'un phénomène se manifeste encore.

La planche de Ouija gisait à leurs côtés, silencieuse, mais les émotions qu'elle avait suscitées persistaient. Tim se releva en premier, se grattant la tête.

— C'était… étrange. Mais c'était réellement lui, n'est-ce pas?

Il cherchait à appréhender ce qu'ils venaient de vivre. Lou méditait sur les réponses obtenues.

— Je n'ai aucune hésitation, répondit-elle paisiblement.

Léna, assise près du coffre.

— Papa désire qu'on trouve quelque chose, affirma-t-elle d'une voix assurée. Il a tenté de nous orienter, mais il ne pouvait pas tout révéler. Lou s'agenouilla près d'elle.

— Il nous a prouvé qu'il demeure présent, qu'il souhaite notre persévérance. C'est déjà considérable.

Tim, quoiqu'encore troublé, se tourna vers le coffre et examina ce qu'il y avait dedans.

— Si quelque chose dans ce grenier peut nous épauler, nous devrions tout inspecter minutieusement, déclara-t-il, reprenant un semblant de maîtrise sur la situation.

Lou se redressa, époussetant la poussière de ses genoux.

— On reviendra pour fouiller en profondeur, mais pas maintenant. Je considère que nous avons tous besoin d'un moment pour assimiler cela.

Les enfants approuvèrent, ils ressentirent également la nécessité de reprendre leurs esprits. Avant de quitter la pièce, Lou replaça soigneusement la planche dans le coffre.

La séance les avait rapprochés, non seulement entre eux, mais également de moi. Bien que les éclaircissements aient été partiels, leur résolution demeurait intacte, et je savais qu'ils ne s'arrêteraient pas là.

En redescendant les marches, tout était calme dans la maison.

Les enfants n'échangèrent que quelques mots, mais ils semblaient plus proches qu'avant. Dans la cuisine, Lou s'immobilisa et se tourna vers ses cousins.

— On ne divulgue rien de ceci à quiconque, pas encore. Pas tant qu'on n'identifie pas précisément ce qu'on recherche, dit-elle avec gravité.

Tim et Léna acquiescèrent sans protester. Ils saisissaient l'importance de préserver leurs découvertes pour eux-mêmes, au moins provisoirement. Lou observa la lumière qui entrait par la fenêtre, pensant déjà à ce qu'ils allaient faire ensuite.

— On dévoilera la vérité, affirma-t-elle, comme une promesse faite à mon intention.

Leur quête ne faisait que débuter, et j'étais disposé à les accompagner, autant que mes capacités me le permettaient.

Chapitre 17 : Cachette si secrète

Cette nuit-là, j'ai trouvé le moyen d'atteindre Lou dans son sommeil. Elle se trouvait dans un endroit étrange, éclairé par une lumière changeante, où les couleurs variaient comme des images qui cherchaient à prendre forme. Un vent léger caressait sa peau, apportant une sensation calme et mystérieuse. Le ciel mauve avec des nuages dorés donnait une ambiance « girly ». Elle avançait, chaque pas créant des vagues dans le sol sous ses pieds, comme si tout autour d'elle réagissait à sa présence. Là, au loin, une forme apparut. Mon image, bien que tremblante, était facile à reconnaître.

— Lou.

Ma voix résonnait dans l'air comme un écho sans fin. Elle s'arrêta, cherchant à voir d'où venaient mes paroles.

— Retourne au grenier, dis-je avec insistance. Va jusqu'au fond et soulève le plancher.

Mes mots voyageaient dans cet univers étrange, réconfortants mais aussi sérieux. Lou voulut s'approcher, mais ses pas semblaient ralentis par une force qu'on ne voyait pas, comme si le sol essayait de la retenir.

— Attends ! appela-t-elle, sa voix pleine d'émotion.

Je sentis qu'elle voulait comprendre, mais je ne pouvais rester plus longtemps. Ma forme commença à disparaître dans l'horizon mauve. Autour d'elle, des fleurs lumineuses naissaient et disparaissaient, montrant que le temps passait. Lou, seule au milieu de ce paysage changeant, sentait à la fois un poids et une conviction nouvelle. Mon message l'avait atteint. Elle se réveilla en sursaut. Les images du rêve, vivantes et claires, restèrent dans son esprit. Elle savait qu'elle devait retourner au grenier et suivre les indices que je lui avais laissés.

Lou trouva Tim et Léna dans le salon, assis sur le canapé, chacun perdu dans ses pensées. Elle s'approcha et prit place près d'eux, avec une étrange détermination.

— Il faut que je vous parle, dit-elle après un moment.

Tim tourna la tête vers elle, intrigué, tandis que Léna l'observait avec attention.

— J'ai fait un rêve cette nuit, continua Lou. J'ai vu tonton. Léna resta sans rien dire, attendant la suite.

— Il m'a parlé. Il m'a dit de retourner au grenier. D'aller jusqu'au fond, il y a des choses sous le plancher.

Tim n'avait pas l'air convaincu.

— Et tu penses qu'il y a quelque chose là-bas ? demanda-t-il, pas très sûr.

— Oui, répondit Lou fermement. Ce rêve n'était pas comme les autres. Il y avait une urgence dans ses mots, une insistance.

— Peut-être qu'il essaie vraiment de te montrer quelque chose, dit Léna, plus convaincue que son frère.

— Alors, allons-y. Je veux vérifier.

Ils montèrent ensemble vers le grenier, leurs pas résonnant dans le calme de la maison. Lou avançait devant, inspectant chaque détail.

— Pourquoi cet endroit semble toujours si... différent ? dit Tim, en voyant les piles d'objets couverts de draps.

— Ce n'est pas différent, c'est vivant, répondit Léna, défendant le lieu.

Arrivée au fond du grenier, Lou s'arrêta soudainement. Une planche un peu de travers attira tout de suite son attention.

— Là, dit-elle en montrant du doigt. Cette planche a quelque chose de spécial.

Tim et Léna s'approchèrent, examinant l'endroit avec attention.

— On dirait qu'elle a été déplacée, remarqua Lou en passant sa main sur le bois.

— Tu penses qu'il y a quelque chose en dessous ? demanda Léna, presque à voix basse.

— On va voir, répondit Lou, déterminée.

Ils s'agenouillèrent ensemble et commencèrent à bouger la planche.

Après quelques efforts, elle se souleva enfin, montrant un espace sombre et poussiéreux. Une odeur de vieux bois s'éleva, et Lou mit la main à l'intérieur.

Elle en sortit une pile de papiers reliés, ses doigts tremblants sous l'émotion.

— Ce sont des poèmes, dit-elle en ouvrant un cahier jauni. Léna, fascinée, s'approcha plus près.

— Tu peux en lire un ? demanda-t-elle timidement.

Lou dit oui et tourna les pages, choisissant un poème dont les mots semblaient danser sur la page avec une force particulière. Elle respira profondément et commença à lire :

« Dans le jardin des jours passés,

Elle brillait, douce et adorée.

Son sourire, un baume à mes peines,

Sa voix, un écho qui jamais ne s'éteigne.

Quand la nuit tombe et me dévore,

Je cherche sa lumière encore.

Dans chaque étoile, dans chaque brise,

Son amour me guide et m'électrise.

Elle était mon roc, ma terre,

Une force légère, un mystère.

Et bien que la vie l'ait emportée,

Elle reste en moi, à jamais gravée.

Maman, ton absence est douleur,

Mais ton souvenir éclaire mon cœur. »

La voix de Lou trembla en lisant les derniers mots. Le poème, plein de tristesse et de tendresse, sembla remplir le grenier d'une émotion qu'on pouvait presque toucher. Léna essuya une larme qui coulait sur sa joue, tandis que Tim resta fixe, touché par l'intensité de mes mots.

— Papa écrivait ça pour mamie... c'est tellement beau, soupira Léna.

Lou ferma le cahier et se tourna doucement vers ses cousins.

— Il a laissé ces mots pour qu'on puisse comprendre ce qu'il ressentait. Ce n'est pas qu'un poème, c'est une partie de lui, dit-elle, émue.

— Et si ce n'était que le début ? Peut-être qu'il a caché d'autres choses pour qu'on les trouve, suggéra Tim.

Lou dit oui.

— Alors, continuons, dit-elle simplement.

Leur quête venait à peine de commencer, mais ils sentaient qu'ils s'approchaient d'une vérité qu'ils étaient prêts à affronter. Lou mit à nouveau la main dans l'espace sombre sous le plancher, son cœur battant plus vite. Ses doigts, cherchant dans la poussière, touchèrent quelque chose de dur et froid. Elle tira lentement, sentant une petite résistance. Lorsqu'elle le sortit enfin, elle découvrit un journal, sa couverture de cuir usée par les années.

— Un journal intime... dit Lou, surprise et curieuse, en essuyant la couverture avec sa main.

Tim et Léna se penchèrent pour mieux voir.

— C'est celui de papa ? demanda Léna, les yeux brillants.

— Oui, répondit Lou, très sérieuse.

Elle ouvrit la première page, découvrant mon écriture familière. Les mots semblaient vibrer d'émotion, comme si chaque ligne avait été écrite avec soin, mais aussi avec une souffrance cachée.

— On commence par le début, dit-elle avant de lire à haute voix.

— "Je me sens comme un étranger dans ma propre maison. Il y a des regards échangés, des signes qui en disent long. Philippe est toujours là, près de maman. Pourquoi ? Pourquoi leur lien me semble-t-il si fort ?"

Tim se demanda :

— Il avait des doutes sur Philippe...

Lou continua de tourner les pages. Au fil des mots, je montrais mes pensées les plus profondes, mes questions devenant de plus en plus pressantes.

— "Aujourd'hui, je les ai surpris à parler à voix basse dans le jardin. Quand je suis arrivé, maman a changé de sujet, comme si je n'étais pas censé entendre. Est-ce que je devrais demander ? Mais à qui parler ? Personne ne comprendrait ce que je ressens."

Léna baissa les yeux, touchée.

— Papa... Il devait se sentir si seul...

Les phrases suivantes montraient un mélange de jalousie et de chagrin.

— "Philippe sourit comme s'il savait quelque chose que j'ignore. Ce sourire m'agace, et pourtant, je ne peux pas lui faire face. Que cache-t-il ?

Maman semble toujours détendue avec lui, mais moi... Je sens une tension que je ne peux expliquer."

Tim se redressa, l'air décidé.

— Il savait que quelque chose n'allait pas.

Lou tourna une autre page, où mes mots devenaient plus sombres, presque désespérés.

— "Je ne peux plus continuer comme ça. Je dois savoir. Mais si je découvre que mes doutes sont justes... que vais-je faire ?" Léna avait la voix tremblante :

— C'est comme s'il savait que ça finirait mal...

Lou referma le journal, pleine de pensées. Elle leva les yeux vers ses cousins.

— Tonton voulait des réponses, mais il n'a jamais pu les trouver, dit-elle.

Tim, visiblement ému, respira profondément.

— Maintenant, c'est à nous de finir ce qu'il a commencé, déclara-t-il. Léna, malgré son jeune âge, gardait son sérieux.

— On va tout comprendre, pour lui.

Lou posa une main sur leurs épaules, unissant leur force et leur volonté.

— Ensemble, on trouvera la vérité, promit-elle.

Ils quittèrent le grenier avec un mélange d'émotion et de détermination, sachant que chaque découverte les rapprochait un peu plus de la vérité qu'ils cherchaient à tout prix. Redescendus du grenier, Lou, Tim, et Léna s'installèrent dans le salon.

Mon journal était posé sur la table devant eux, comme un trésor plein de souvenirs et de secrets.

— Vous pensez qu'il avait raison de se méfier de Philippe ? demanda Léna, brisant enfin le calme.

Lou réfléchit un instant.

— Il sentait que quelque chose n'allait pas. Les émotions qu'il a écrites ne viennent pas de nulle part. Mais on ne sait pas encore à quel point Philippe est impliqué... ni dans quoi exactement, répondit-elle.

Tim croisa les bras, frustré.

— Papa était seul avec tout ça. Il devait se sentir perdu, et personne ne l'a aidé.

Léna baissa les yeux, pensive.

— Peut-être qu'il ne voulait pas en parler. Peut-être qu'il avait peur de faire de la peine à mamie, ou qu'il pensait que personne ne le croirait.

— C'est possible, Léna. Mais maintenant, c'est à nous de comprendre ce qui s'est passé.

Tim se redressa, ses yeux brillants d'une nouvelle détermination.

— Alors, qu'est-ce qu'on fait ? On ne peut pas juste s'arrêter là.

— On doit creuser ce qu'on sait déjà. On a le journal, les poèmes, et les souvenirs que vous avez de votre père. Et puis... il faut faire attention à Philippe.

Léna releva la tête, surprise.

— Tu veux aller lui parler ?

— Pas tout de suite. Mais c'est clair qu'il sait des choses. Et s'il cachait quelque chose d'important ?

— Et si c'était lui... qui avait fait du mal à papa ?

Le calme qui suivit ses mots sembla geler la pièce. Lou secoua la tête, cherchant à calmer la tension.

— On ne peut pas tirer des conclusions trop vite. Mais s'il est impliqué d'une manière ou d'une autre, on doit le découvrir, dit-elle.

Léna, le visage sérieux :

— Papa voulait qu'on trouve la vérité. On ne peut pas le laisser tomber.

Lou serra les dents, respirant profondément.

— Non, on ne le laissera pas tomber. On ira jusqu'au bout, ensemble.

Chaque découverte les rapprochait de moi, mais aussi d'une vérité qui promettait d'être compliquée et douloureuse.

Lou prit le journal et le rangea dans un tiroir, décidant de le protéger comme une preuve importante.

— Ce n'est que le début, dit-elle. On avance un pas à la fois.

Et tandis que la lumière de la fin d'après-midi passait à travers les rideaux, chacun d'eux sentait que leur lien familial était leur plus grande force pour affronter ce qui les attendait. La nuit était tombée sur la maison, mais aucun d'eux n'avait trouvé le sommeil.

Lou, Tim, et Léna s'étaient réunis dans la chambre de Lou, leurs esprits agités par ce qu'ils avaient découvert dans le journal. La lumière tamisée de la lampe de chevet éclairait la pièce, rendant leur conversation plus intime.

— Alors, qu'est-ce qu'on fait maintenant ? demanda Tim, assis sur le tapis.

Lou tenait le journal sur ses genoux, son visage pensif.

— On ne peut pas tout deviner avec ce qu'on a, dit-elle calmement. Mais il y a des choses qu'on doit chercher à comprendre.

Léna, allongée sur le lit, observa Lou avec curiosité.

— Tu veux parler de Philippe, n'est-ce pas ?

— Oui. Tonton parlait beaucoup de lui dans ce journal. Il voyait quelque chose que personne d'autre n'a remarqué, ou qu'il n'osait pas dire.

— Mais comment on peut savoir ce qui est vrai ou pas ? Ce ne sont que des idées, non ? demanda Tim.

— Peut-être, répondit Lou, mais si Philippe cache quelque chose, il a peut-être laissé des indices quelque part.

Léna, toujours pensive, demanda :

— Tu veux dire... aller chez lui ?

Un moment de calme s'installa dans la pièce. L'idée d'entrer chez leur voisin les rendait nerveux, mais Lou se redressa, déterminée.

— Pas maintenant. Mais je pense qu'on devrait le surveiller, comprendre ses habitudes. Il est lié à votre papa d'une manière ou d'une autre.

Tim sembla hésiter avant de répondre :

— Et si on allait lui parler directement ? Lou secoua la tête.

— Ce serait trop risqué. S'il cache vraiment quelque chose, il fera tout pour nous empêcher de découvrir la vérité.

Léna trembla à cette pensée, mais elle se força à rester calme.

— Alors, qu'est-ce qu'on fait ? demanda-t-elle.

Lou respira profondément, organisant ses idées.

— On reste discrets. On continue de lire le journal, de chercher des indices dans ce qu'il a écrit. Et si on trouve un moyen d'en apprendre plus sur Philippe sans qu'il le sache, on agit.

— D'accord. Mais on fait ça ensemble. Personne ne prend de risques seul, dit-il fermement.

Lou, touchée par sa détermination à protéger sa sœur et sa cousine.

— Promis, dit-elle avec un sourire. Léna, bien que plus jeune, prit un air sérieux.

— Papa nous fait confiance. Il veut qu'on sache ce qui s'est passé.

Lou dit oui, émue par la force de sa petite cousine.

—Alors, on va continuer. Pas à pas, mais ensemble.

La lumière s'éteignit dans la pièce, mais leur obstination brillait plus fort que jamais.

Chapitre 18 : Les Voix du Silence

Lou, Tim et Léna poursuivaient leur recherche, rassemblant les morceaux de mon passé. Philippe, notre voisin, cet homme que j'avais toujours vu avec méfiance, semblait maintenant se trouver au centre de leurs questions.

Tout avait commencé par une idée de Lou. Suivant son instinct qui ne la trompait jamais, elle avait insisté sur le fait qu'ils devaient surveiller Philippe. Les enfants, pas très convaincus au début, avaient fini par accepter. Pendant plusieurs jours, ils observèrent ses habitudes sans se faire remarquer.

Philippe quittait sa maison presque tous les soirs, à des heures régulières.

Ce fut un jeudi, quand le soleil se couchait, que Lou déclara:

— C'est maintenant ou jamais.

— Maintenant quoi ? protesta Tim. Tu veux qu'on entre ?

— Oui. S'il y a des réponses, elles sont là-bas, répondit-elle fermement.

Léna hésita, mais en voyant Lou si décidée, elle accepta.

Ils grimpèrent le mur qui séparait nos deux propriétés, leurs mains glissant parfois sur la surface rude. De l'autre côté, leurs pieds touchèrent le sol, résonnant dans la nuit calme. Lou s'approcha de la porte arrière, respirant vite. Chaque pas lui semblait faire beaucoup de bruit, ce qui la rendait plus nerveuse. Elle tendit la main vers la poignée, hésitant un instant.

— Tu es sûre qu'on doit faire ça ? dit Tim derrière elle, à la fois inquiet et méfiant.

— Oui, répondit Lou, même si son cœur battait très fort.

Elle prit une grande respiration avant de tourner la poignée. Un grincement brisa le calme, les faisant tous sursauter.

— Il ne ferme jamais ? demanda Tim, surpris.

— Peut-être qu'il n'a rien à cacher... ou peut-être qu'il pense que personne n'oserait venir ici, répondit Lou.

Ils entrèrent sans faire de bruit. L'air à l'intérieur était humide, sentant le vieux bois, la poussière et le tabac froid. Chaque coin semblait être dans un autre monde, comme si le temps s'était arrêté entre ces murs.

La première pièce qu'ils visitèrent fut le salon. Une ambiance étrange y régnait. Le papier peint, aux motifs géométriques décolorés, semblait venir d'une autre époque.

Des meubles en bois massif, grands et sombres, prenaient beaucoup de place, donnant à la pièce une ambiance à la fois accueillante et étouffante. Au milieu de la salle se trouvait une vieille télévision.

Des piles de cassettes VHS s'entassaient autour, chacune avec une étiquette soignée : des films populaires des années 80, mais aussi des enregistrements d'émissions sur la psychologie des enfants. Tim se demanda tout bas pourquoi il avait ça, en prenant une cassette intitulée "Comprendre le sommeil des enfants".

— Peut-être qu'il étudie ça pour une raison... personnelle, suggéra Lou, bien que son attention soit déjà ailleurs.

Des étagères pleines longeaient les murs. Elles contenaient des livres : manuels de psychologie, romans classiques, magazines techniques. Lou lut quelques titres :

— "Parenté et résilience," "L'art de la mémoire," "Les rêves oubliés."

— Il doit lire tout le temps, dit Léna, impressionnée.

Mais ce n'était pas tout. Un grand tableau noir était sur un mur, couvert de notes écrites à la craie. Des schémas, des dates et des mots-clés s'y mélangeaient : "Confiance," "Enfance," "L'amour comme structure," et d'autres phrases mystérieuses. Après avoir cherché dans tout le salon, les enfants se retrouvèrent au centre de la pièce pour parler de ce qu'ils avaient trouvé. Soudain, un bruit fort retentit, les faisant tous sursauter. Ils tournèrent la tête vers une horloge murale qu'ils n'avaient pas vue avant.

Cette horloge, qui semblait ancienne, avait un cadran où les chiffres étaient remplacés par de petites figurines d'oiseaux.

À l'heure exacte, l'une des figurines bougeait, faisant un chant puissant et surprenant. Le cœur battant, les enfants s'approchèrent lentement de l'horloge. L'un d'eux dit :

—Je ne l'avais pas vue avant... Elle est bizarre, non ?

Léna ajouta :

—On dirait que chaque oiseau représente une heure différente. Mais pourquoi un son aussi fort ?

La cuisine, juste à côté du salon, était très différente. Même si les appareils étaient vieux, tout était très bien rangé. Les appareils électriques, d'un autre temps, semblaient parfaitement entretenus. Un vieux frigo blanc, aux coins arrondis, faisait un petit bruit dans un coin. Une cuisinière à gaz, avec des casseroles en cuivre brillantes, montrait que quelqu'un cuisinait régulièrement. Sur la table en formica, il y avait une pile de magazines sur la technologie, des numéros des années 70 et 80. Tim les feuilleta rapidement, remarquant des articles sur les débuts des ordinateurs et des inventions du futur.

— Il aime beaucoup ça, dit-il en montrant une page sur les ordinateurs.

Lou ouvrit un tiroir. À l'intérieur, elle trouva un livre de recettes avec beaucoup de notes.

— Vous avez vu ça... il aime cuisiner, dit-elle en montrant une page intitulée "Soupe aux navets miel."

Léna leva les yeux, soudain triste.

— Papa adorait cette soupe. Il nous en faisait souvent.

Lou ne dit rien, mais elle sentit quelque chose se serrer en elle. Chaque découverte rapprochait Philippe de leur propre histoire. Dans la salle de bain, ce qu'ils trouvèrent devint plus personnel. L'armoire à pharmacie était pleine de flacons : somnifères, médicaments contre l'angoisse, vitamines.

Chaque boîte avait une étiquette précise, et Lou remarqua combien Philippe organisait sa vie avec soin.

— Il doit avoir du mal à dormir, dit-elle en montrant les médicaments.

— Ou à oublier quelque chose.

La remarque de sa petite cousine resta dans l'air, pesante, avant qu'ils ne passent à la pièce suivante.

Ils arrivèrent enfin à la chambre de Philippe. L'ambiance changea tout de suite. La lumière qui passait à travers les rideaux épais donnait à la pièce un air presque sacré. Des photos décoraient les murs : des images de Philippe, de sa femme, une belle femme au visage doux, et de paysages de voyages lointains. Sur une commode, d'autres cadres attiraient leur attention. Parmi eux, des photos de ma mère et de moi. Lou prit un des cadres et l'inspecta de près.

— C'est grand-mère. Et Tonton.

Tim s'approcha, surpris.

— Pourquoi il aurait ça ? demanda-t-il, n'en croyant pas ses yeux.

Lou sentit son ventre se nouer. Elle était sûre que cette maison cachait des réponses qu'ils n'étaient pas encore prêts à entendre.

Lou cherchait dans le placard, passant ses doigts sur les étagères poussiéreuses. C'est alors qu'elle la vit : une boîte en carton, tout en haut, difficile à voir dans l'ombre.

— Là ! dit-elle.

— Comment tu veux qu'on l'attrape ? demanda Tim, en voyant la hauteur.

— Aide-moi, répondit-elle.

Tim fit un marchepied avec ses mains, et Lou s'appuya dessus pour atteindre la boîte. La boîte était lourde, et ses coins usés montraient qu'elle avait été souvent manipulée. Ils la descendirent avec soin, retenant leur souffle.

— Qu'est-ce qu'il peut bien cacher là-dedans ? dit Léna, son visage montrant à la fois curiosité et peur.

Ils l'ouvrirent lentement. À l'intérieur, il y avait des photos, des documents, et... un acte d'achat. Lou prit le document avec soin et lut les premières lignes.

— C'est... c'est l'acte d'achat du chalet ! s'exclama-t-elle.

— Mais pourquoi Philippe aurait ça ? demanda Tim. Le chalet appartenait à papi et mamie.

Lou examina le document. Elle lut à voix haute :

— "Vente conclue en 1998... entre M. et Mme LEBOIS et M. Philippe MINIER."

Léna, d'une voix calme, dit :

— Pourquoi ils lui auraient vendu ?

Personne ne répondit. Lou sentit que cet acte était la clé d'un mystère bien plus grand. Au fond de la boîte, des enveloppes attirèrent leur attention. Mon prénom était sur la plupart d'entre elles, sauf une qui avait le nom de Philippe. Elles étaient écrites à la main, dans une belle écriture.

— C'est grand-mère qui les a écrites, dit Lou, la voix pleine d'émotion.

Avant qu'ils ne puissent les ouvrir, le bruit d'un moteur se fit entendre dehors.

— Philippe revient ! alerta Tim.

Dans un moment de panique, ils remirent vite la boîte dans le placard et sortirent de la maison. Lou avait pris une lettre avec elle, sachant qu'elle contenait peut-être la réponse à toutes leurs questions. Elle ferma la porte derrière elle et s'appuya un instant, reprenant sa respiration. L'adrénaline battait encore dans ses tempes.

— Tu penses qu'il sait ? demanda Léna.

Tim, assis sur une chaise.

— Comment il pourrait ?

Lou posa la lettre sur la table, passant ses doigts sur le papier.

— Ça, c'est la vraie question.

Il y eut un moment de silence entre eux. Léna mordillait son ongle, hésitante.

— Et si c'était... grave ? Un secret que papa devait savoir ?

Lou respira profondément.

— Peut-être. Mais si Philippe découvre qu'on a fouillé, il pourrait cacher ou détruire des preuves.

Tim tapota la table avec ses doigts.

— Alors quoi ? On attend sans rien faire ?

— Non. Mais on doit être malins.

Lou prit la lettre et la fit tourner entre ses mains.

— Je vais la remettre là où je l'ai trouvée. Mais pas tout de suite. Tim leva un sourcil.

— Pourquoi pas maintenant ?

— Parce que si Philippe la voit disparaître et revenir trop vite, il saura à coup sûr que quelqu'un est entré chez lui.

Léna interrogea Lou.

— Et si on en parlait à maman ? Lou fit non de la tête.

— Elle nous dirait d'arrêter.

Tim soupira, agacé.

— Et si elle avait raison ?

Lou le fixa droit dans les yeux.

— Et si elle avait tort ?

Il ne trouva rien à répondre.

Léna serra les bras autour de ses genoux.

— On va quand même savoir ce qu'il y a dans cette lettre ?

Lou mit la lettre dans sa poche.

— Oui. Mais au bon moment.

Elle se leva et monta à l'étage. Dans sa chambre, elle ouvrit une boîte en métal et glissa la lettre à l'intérieur avant de fermer le couvercle. Un bruit sec, presque symbolique.

En bas, Tim et Léna restaient assis, pensifs. Lou s'allongea sur son lit. Cette lettre était une pièce manquante. Une clé. Et elle comptait bien savoir ce qu'elle ouvrait. Pourquoi Philippe l'avait-il gardée ? Pourquoi tant de photos de moi et de ma mère chez lui ? Et pourquoi ce lien étrange semblait-il exister bien avant ma mort ?

Chapitre 19 : Les Révélations Cachées

Cette lettre...

Elle n'était pas qu'un simple papier. Elle était une clé vers un passé qui m'avait toujours poursuivi.

Lou, assise sur le lit, contemplait la boîte en métal posée devant elle. Cette boîte interdite semblait peser une tonne. Elle hésitait. Je sentais son combat intérieur. Tout l'incitait à fuir, mais une force invisible la poussait à continuer. Finalement, elle prit une grande bouffée d'air. Ses doigts tremblaient quand elle souleva le couvercle et découvrit la lettre pliée. Elle la saisit avec précaution et s'installa au bord du lit. Son cœur battait plus vite tandis qu'elle dépliait le papier.

"Philippe, Je t'écris avec le cœur lourd, sachant que cette lettre pourrait être la dernière trace de notre histoire..."

Elle sentit un pincement au cœur.

"Philippe, je suis enceinte. Cet enfant est le tien. J'en suis certaine..."

Ses doigts se crispèrent sur le papier. Un frisson la parcourut.

Son souffle se fit court, son pouls s'accéléra comme si son corps rejetait cette vérité. Elle marqua une pause, puis reprit sa lecture. "...Je vais élever cet enfant avec mon mari. Il ne saura jamais la vérité. C'est mieux ainsi pour tout le monde."

Lou posa la lettre sur ses genoux.

— Cette révélation... incroyable, dit-elle, bouleversée par sa découverte.

Elle se redressa. Les questions se bousculaient dans sa tête. Pourquoi ce secret ? Pourquoi Philippe n'avait-il rien dit ? Comment cela était-il lié à ma mort ? Elle relut certains passages. Sa bouche tremblait, mais aucune larme ne vint. Lou avait cette force que je n'avais jamais eue. Elle déposa la lettre sur le lit, son esprit déjà ailleurs. Que faire maintenant ? À qui en parler ? Comment Philippe avait-il caché ce secret si longtemps ?

— Philippe... le père de Pierre...

Ces mots résonnaient dans l'air, lourds de sens. Lou se leva, ne pouvant rester en place. Elle fit quelques pas, passa la main dans ses cheveux, puis se rassit.

— Pourquoi personne n'a rien dit ?

Un souvenir surgit alors, vif et douloureux. J'étais dans le jardin, juste avant ma mort.

La colère me consumait, mes poings serrés. Philippe me faisait face, son visage grave sous la lumière du réverbère.

— Parce que tu dois savoir, avait-il dit. Ce secret me ronge. J'avais avancé, fou de rage.

— Me ronge ? Tu penses que ça m'aiderait ? Tu veux me détruire ?

— Je veux que tu comprennes. Je suis ton père.

Le silence qui suivit fut terrible. Je revivais ce moment avec une clarté douloureuse. J'étais cloué sur place.

— Tu mens ! avais-je crié. Pourquoi maintenant ?

— Parce que tu as le droit de savoir. Tu as toujours été mon fils. Mais ta mère a choisi pour toi.

Je l'avais repoussé, aveuglé par la colère. Tout en moi rejetait cette révélation. Pourtant, dans ses yeux, j'avais vu une peine sincère. Ce souvenir me revenait à l'esprit tandis que j'observais Lou reconstituer les éléments.

— Il savait... Mais pourquoi lui dire après tout ce temps ? Soudain, elle s'arrêta net. Une idée venait de surgir. Elle ouvrit un des tiroirs du bureau et en sortit mon vieux journal intime qu'ils avaient découvert dans le grenier quelques jours plus tôt.

— Ces vieilles pages pourraient contenir des indices, dit-elle.

Elle s'assit à son bureau et alluma la lampe. Elle feuilletait les pages jaunies, s'arrêtant parfois pour étudier un passage particulier.

— Ce journal date d'il y a 35 ans... et à partir de la mort de mamie, Philippe est mentionné de plus en plus, observa-t-elle.

Elle poursuivit son examen des pages. Soudain, son expression s'illumina.

— Attends... voici un moment révélateur :

"Aujourd'hui, j'ai retrouvé une vieille photo de maman quand elle était jeune. Philippe était là aussi. J'ai fait remarquer à papa que Philippe et moi avions le même sourire. Il est devenu livide et a quitté la pièce."

Lou tourna quelques pages.

— Et ici, une autre note :

"Philippe m'observe différemment depuis quelques semaines. Je l'ai surpris plusieurs fois à me fixer quand il pensait que je ne le voyais pas. Maman est décédée depuis presque 8 ans, et c'est seulement maintenant qu'il se comporte bizarrement."

Elle saisit un crayon et commença à noter les observations sur une feuille blanche.

— Tu écris :

"Philippe a proposé qu'on déjeune ensemble. Il dit qu'il veut me parler de quelque chose d'important concernant ma mère et le passé."

Lou se redressa soudainement, surprise par sa découverte.

— Et plus loin : "Papa est tendu ces derniers jours. Il m'a demandé si Philippe m'avait parlé récemment. Quand j'ai mentionné l'invitation à déjeuner, il m'a déconseillé d'y aller, sans explications."

Elle tourna frénétiquement les pages suivantes.

— 18 avril :

"Philippe semble nerveux ces derniers temps. Il m'a encore proposé de déjeuner. Dit que c'est important."

Lou continua sa lecture, relevant les éléments importants.

— "Philippe insiste encore pour qu'on parle en privé. Il dit que c'est à propos de ma mère, qu'il y a quelque chose que je devrais savoir. Je l'évite, mais il devient de plus en plus pressant."

Elle se leva, intriguée par sa découverte.

— À cette époque, il cherchait déjà à te révéler la vérité. Mais tu résistais. Puis elle s'arrêta, son doigt pointant la dernière entrée.

— "Philippe vient de m'appeler. Il insiste pour qu'on se parle ce soir même, dans le jardin. Il a mentionné que ça concernait ma véritable identité. Je ne comprends pas, mais sa voix semblait différente, presque suppliante."

Et c'est... la dernière entrée de ton journal. Lou resta sans voix en lisant la page.

— C'était le jours ton accident. La confrontation a eu lieu cette nuit-là... Lou releva la tête, les éléments s'emboîtant enfin.

— C'est là qu'il t'a révélé être ton père.

Elle reprit sa feuille de notes et traça une ligne chronologique.

— Et maintenant, le plus intéressant...

Elle se leva et sortit de son sac un calendrier qu'elle avait trouvé dans la maison.

— Le 12 mars, tu remarques une ressemblance avec Philippe. Le 16 mai, la confrontation avec Philippe. Le 16 mai... Elle marqua une pause, sa voix se brisant légèrement.

— Le 16 mai, l'accident. Cette séquence ne peut pas être une coïncidence.

Elle examina à nouveau la lettre, puis le journal.

— Mais il y a autre chose... une autre connexion que je n'arrive pas encore à saisir.

Elle reprit le journal et relut certaines entrées, cherchant un indice qu'elle aurait manqué.

— "J'ai observé papa et Philippe discuter dans le jardin. Ils ne m'ont pas vu. Papa semblait en colère, pointant du doigt vers Philippe, qui restait calme. Quand j'ai demandé à papa plus tard, il a prétendu que ce n'était rien, juste un désaccord sur les plantes à tailler."

Lou nota cette phrase également, sentant qu'elle pourrait être importante.

— Et ici : "Depuis que j'ai mentionné la ressemblance entre Philippe et moi, papa agit étrangement. Il évite les conversations sur le passé, change de sujet quand je parle de maman. Je ne comprends pas ce qui se passe."

Lou connecta ces informations sur sa feuille, élaborant un schéma complexe.

— Il y a un motif ici... Philippe, maman, les visites nocturnes, puis la révélation, et enfin... Elle s'arrêta, une nouvelle réalisation la frappant.

— Le point culminant apparaît ici :

"Aujourd'hui marque huit ans depuis la mort de maman. Papa est allé au cimetière seul, comme toujours. Philippe est passé plus tard avec des fleurs.

Il m'a observé longuement et m'a dit qu'il avait quelque chose d'important à me dire, quelque chose qui concernait maman et moi. J'ai refusé d'en parler, pas ce jour-là. Il a insisté en disant qu'il ne pouvait plus garder ça pour lui."

Lou rapprocha cette entrée des autres.

— L'anniversaire de la mort de ta mère a été un déclencheur pour Philippe. C'est après cette date qu'il devient plus insistant, presque désespéré de te parler !

Elle se mit à faire les cents pas dans la chambre.

— Tout s'accélère après la maladie de mamie. Philippe devait avoir peur qu'elle ne révèle son secret sur son lit de malade. Il a préféré prendre les devants... mais pourquoi cela aurait-il conduit à ta mort ?

Elle continua à examiner le journal, cherchant d'autres indices.

— Le 28 février, tu écris :

"Philippe m'a demandé si j'avais déjà pensé à faire un test ADN familial, comme ça devient populaire. J'ai ri, pensant qu'il plaisantait. Mais son expression était sérieuse. Pourquoi s'intéresse-t-il soudain à mes origines ?"

— Un test ADN... il te sondait, réalisa Lou. Il cherchait à voir comment tu réagirais à l'idée d'explorer tes origines.

Elle continua à parcourir mes notes, assemblant une chronologie détaillée. Plus elle avançait, plus le schéma devenait clair.

— Philippe a méthodiquement préparé le terrain pendant des semaines. Puis tout s'est accéléré après l'anniversaire des huit ans de la mort de mamie. Elle se frotta les yeux, fatiguée mais déterminée.

— Demain, je vais parler à papy. Il était là pendant toute cette période. Il doit savoir pourquoi Philippe et lui se disputaient.

Lou rangea soigneusement le journal et ses notes dans un dossier qu'elle glissa sous son matelas. Cette fois, elle avait un plan structuré, avec plusieurs pistes à explorer.

Elle se leva et fit le tour de la chambre. Je devinais ses autres questions : pourquoi ma mère avait caché cette vérité ? Comment cela avait affecté ma relation avec Philippe ? Quel lien avec ma mort ? Lou cherchait déjà des réponses. Malgré le choc, elle savait que cette vérité était essentielle pour comprendre. Elle déambulait, plongée dans ses pensées. La lettre sur le lit semblait peser encore plus lourd maintenant. Elle la reprit sans la relire. Son contenu était gravé dans sa mémoire.

— Philippe va remarquer qu'elle a disparu.

Elle s'approcha de son bureau. D'un geste précis, elle ouvrit un tiroir, sortit une clé, y plaça la lettre et le ferma.

— Pas tout de suite.

Lou avait cette lucidité qui m'avait manqué. Je sentais pourtant le tumulte sous son calme.

Elle pesait chaque option. Elle se tourna vers la fenêtre et fixa le jardin. La lumière du soir jouait sur son visage. Elle mesurait l'impact de cette révélation.

— Comment faire ?

Je savais qu'elle pensait à Line, à mes enfants. Fallait-il leur parler ? Était-ce le moment ?

— Je dois attendre... saisir ce qu'il cache vraiment.

Elle quitta la fenêtre et s'assit sur le lit.

— Philippe... cette lettre répond à tant de questions, et en pose tellement d'autres, prononça-t-elle.

Je savais que Lou irait jusqu'au bout. Ce n'était qu'un début. Lou descendit, le visage calme mais les yeux préoccupés. Mes enfants l'attendaient sur le canapé. Tim parla le premier.

— Tu l'as lue ? Léna attendait aussi, curieuse mais plus patiente. Lou s'arrêta, prit une inspiration et s'assit face à eux.

— Oui. Elle parle du passé, mais je ne peux pas tout vous dire maintenant.

Tim s'agita sur son siège.

— Pourquoi ? C'est notre père ! On doit savoir !

Léna posa sa main sur l'épaule de son frère.

— Si ça concerne papa, on peut t'aider.

Lou réfléchit un moment.

— C'est compliqué. Ça touche votre père, mais je dois comprendre moi-même avant de vous en parler.

— Tu nous caches des choses ! lança Tim en se levant.

— Tim, je comprends. Mais si Philippe apprend que j'ai lu cette lettre, il pourrait vouloir cacher la vérité. Je dois être prudente.

Le nom de Philippe eut un impact visible. Tim se rassit, l'air sombre. Léna parut inquiète.

— Tu nous diras tout ?

— Oui, je vous le promets. Faites-moi confiance pour l'instant.

Léna hocha la tête. Tim resta muet, les bras croisés. Lou se leva.

— Je ferai tout pour découvrir ce qui est arrivé à votre père. Pour lui et pour vous.

Lou avait fait de son mieux, mais je sentais la frustration de Tim et l'inquiétude de Léna. Cette vérité allait tout changer pour eux. La nuit tombait. Lou, près de son bureau, fixait le tiroir fermé. Cette lettre ne pouvait pas rester cachée longtemps. Philippe remarquerait son absence. Elle réfléchissait.

— Je dois replacer cette lettre là où je l'ai trouvée.

Elle ouvrit le tiroir, récupéra la lettre et l'examina un moment avant de la ranger.

— Cette lettre change tout.

Lou n'agissait jamais sans réfléchir. Elle se redressa, décidée.

— Demain, quand il s'absentera.

Ses paroles résonnaient comme un engagement solennel. Elle plongea la pièce dans l'obscurité et s'allongea. Pourtant, je savais qu'elle resterait éveillée, son esprit analysant chaque détail découvert. Plus tard dans la nuit, Lou se releva. Le sommeil l'évitait.

Elle ralluma la lampe de bureau et reprit ses notes. Elle voulait être certaine de n'avoir manqué aucun détail.

— Tout s'accélère après l'anniversaire des huit ans de la mort de mamie, la dispute entre ton père et Philippe, et enfin cette confrontation dans le jardin.

Elle se recoucha, l'esprit bouillonnant d'idées. Les pièces du puzzle commençaient à s'emboîter, formant un tableau troublant. Philippe avait caché son identité pendant des décennies, puis soudainement, avait décidé de tout révéler. Et quelques jours plus tard, tu étais mort.

— La coïncidence est trop grande pour être ignorée, dit-elle dans l'obscurité. Je vais découvrir ce qui s'est vraiment passé ce soir-là, Tonton. Je te le promets.

Lou avait compris l'importance de ses actions. Cette détermination me donnait espoir qu'elle découvrirait la vérité sans alerter Philippe.

Chapitre 20 : Le Masque Dévoilé

La chaleur de juillet écrasait la région. Une canicule inhabituelle s'était installée depuis trois jours, transformant les rues en fournaises et les jardins en refuges ombragés. Lou avait proposé d'emmener Tim et Léna chez Mel pour la journée. Line travaillait et les enfants s'ennuyaient à la maison.

— La piscine de tante Mel, c'est la meilleure idée de l'été, avait lancé Tim en montant dans la voiture, son sac de baignade déjà prêt depuis l'aube.

Lou conduisait, les fenêtres ouvertes malgré la climatisation. De temps en temps, elle jetait un coup d'œil dans le rétroviseur. Mes enfants semblaient presque insouciants aujourd'hui, loin des tensions des derniers jours. Cette sortie était aussi une opportunité pour Lou. Mel, seule à la maison sans son mari parti en déplacement professionnel, serait peut-être plus disposée à parler.

La villa de Mel apparut au détour d'un virage. Une belle maison de plain-pied avec une terrasse donnant sur un jardin soigné où trônait une piscine aux eaux turquoise. Mel les attendait sous la pergola, vêtue d'une robe légère, un plateau de citronnade fraîche posé sur la table.

— Vous arrivez juste à temps pour un rafraîchissement, dit-elle avec un sourire qui n'effaçait pas complètement la tension autour de ses yeux.

Les enfants se précipitèrent pour l'embrasser avant de déposer leurs affaires sur les chaises longues.

— On peut se baigner tout de suite ? demanda Léna, déjà prête à courir vers la piscine.

— Buvez d'abord un peu, il fait trop chaud pour plonger directement, conseilla Mel.

Tim et Léna obéirent, impatients mais raisonnables. Le jardin bourdonnait de cigales, leur chant presque assourdissant dans la chaleur de midi. Lou observait Mel servir les verres aux enfants, ses gestes précis trahissant une certaine nervosité.

Dix minutes plus tard, les enfants filaient vers la piscine. Le bruit de leurs éclaboussures créait une toile de fond parfaite pour une conversation discrète. Lou s'installa face à Mel sous la pergola, hors de portée d'oreille des enfants.

— C'est gentil de nous accueillir par cette chaleur, commença Lou.

Mel porta son verre à ses lèvres.

— Ça me fait plaisir. La maison est trop calme quand je suis seule.

Un moment passa, meublé par les rires de Tim et Léna qui s'éclaboussaient. Lou décida de ne pas tourner autour du pot.

— Tata, j'ai découvert quelque chose d'important récemment, commença Lou. À propos de Philippe et de ton frère.

La main de Mel se crispa imperceptiblement sur son verre. Elle contempla le jardin un instant avant de répondre.

— Tu as trouvé la lettre, n'est-ce pas ? Lou fut surprise.

— Comment sais-tu pour cette lettre ?

Dans la piscine, Tim venait de soulever Léna pour la faire retomber dans l'eau, déclenchant des éclats de rire. Ce contraste entre leur joie et la conversation tendue sur la terrasse était saisissant.

— Oui, la lettre de ta mère à Philippe. Je l'ai trouvée chez lui, avoua Lou. Elle révèle qu'il est le père biologique de Pierre, n'est-ce pas ?

Mel posa son verre avec précision.

— Je savais qu'un jour quelqu'un la trouverait. Maman m'avait parlé de cette lettre il y a des années. Elle m'avait dit que Philippe la gardait comme... je ne sais pas, peut-être comme une preuve, ou un souvenir.

Le soleil jouait entre les lattes de la pergola, projetant des lignes de lumière sur la table. Lou attendit, sentant que Mel avait besoin de temps.

— Je savais pour Philippe et Pierre, répéta Mel, sa voix à peine audible par-dessus les bruits de baignade. Et je savais aussi pour Philippe et moi.

Lou resta parfaitement attentive, assimilant ces mots.

— Que veux-tu dire ?

— Philippe n'est pas seulement le père de Pierre. Il est aussi le mien.

Cette révélation s'installa entre elles, pesante malgré la légèreté de l'air estival. Au loin, le rire cristallin de Léna semblait appartenir à un autre monde.

— Comment l'as-tu découvert ? demanda Lou.

Mel prit une profonde inspiration.

— J'avais seize ans. J'ai surpris une conversation entre maman et Philippe. Ils se disputaient à propos de nous, de leur arrangement. J'ai confronté maman après, et elle a fini par m'avouer que Philippe était notre père biologique, à Pierre et moi. Elle m'a fait promettre de ne jamais le dire à Pierre.

Lou essayait d'intégrer cette information, reconstituant mentalement l'arbre généalogique familial qui venait de se compliquer davantage.

— Tu n'as jamais voulu lui dire ?

Une ombre passa sur le visage de Mel.

— Si, bien sûr que si. Mais maman était convaincue que ça le détruirait. Elle disait que Pierre avait construit toute son identité autour de papa – je veux dire, de l'homme qui nous a élevés. Elle craignait que savoir la vérité ne le brise.

— Alors tu as gardé ce secret toutes ces années, conclut Lou.

— Oui. Et je l'ai regretté chaque jour après sa disparition.

Dans la piscine, Tim avait commencé à apprendre à Léna à faire la planche. Ses instructions patientes traversaient le jardin jusqu'à la terrasse.

— Tu penses que Philippe a fini par lui dire ? Que c'est lié à sa disparition ? demanda Lou.

Mel tourna son verre entre ses doigts, l'eau condensée dessinant des cercles sur la table.

— Après la mort de maman, Philippe est devenu différent. Plus présent. Il avait promis à maman de ne rien dire tant qu'elle serait en vie. Mais après...

— Il a voulu réclamer ses enfants, compléta Lou.

— Pas réclamer. Juste... être reconnu, peut-être ? Il n'a jamais pu être notre père. Il nous a vu grandir de loin. Je suppose qu'il voulait au moins que nous sachions la vérité.

Lou considéra cette perspective. D'après le journal de Pierre, la confrontation avait eu lieu le soir même de sa disparition.

— Tu sais ce qui s'est passé ce soir-là ? Entre Pierre et Philippe ? Mel secoua la tête, ses yeux s'embuant légèrement.

— Non. Philippe m'a appelée le lendemain pour me demander si j'avais vu Pierre. Il semblait inquiet, mais pas... coupable. Juste préoccupé.

Lou garda cette information en tête. Elle jeta un coup d'œil vers la piscine où les enfants continuaient de s'amuser, inconscients de la conversation qui se déroulait à quelques mètres.

— Tu n'as jamais soupçonné Philippe d'être impliqué dans la disparition de Pierre ?

Mel hésita, visiblement tiraillée.

— Je... je ne sais pas. J'ai toujours pensé que non, mais parfois, je me demande... S'ils se sont disputés, si Pierre a mal réagi...

Sa voix se brisa légèrement. Lou posa sa main sur celle de Mel.

— Nous devons découvrir ce qui s'est vraiment passé. Pour Pierre, pour Tim et Léna, dit-elle avec douceur. Et pour toi aussi, Mel.

Mel acquiesça.

— Line sait maintenant. Je lui ai tout raconté hier soir. Elle était furieuse que j'aie gardé ça secret si longtemps.

— Comment elle l'a pris ?

— Mal au début. Puis avec du temps, elle a compris. On a décidé de parler à Philippe ensemble.

Les cris joyeux des enfants semblaient maintenant étrangement décalés par rapport à la gravité de leur conversation.

— Demain, j'ai prévu d'aller interroger les voisins avec Tim et Léna, confia Lou. Une femme habite juste à côté de chez Pierre et Philippe. Elle a peut-être vu ou entendu quelque chose ce soir-là.

Mel la dévisagea, inquiète.

— Tu crois que c'est prudent d'impliquer les enfants ?

— Ils sont déjà impliqués, Mel. Ce sont leurs parents. Leur passé. Ils ont le droit de savoir d'où ils viennent vraiment.

Mel ne répondit pas immédiatement. Son regard se porta vers la piscine où Tim aidait maintenant Léna à perfectionner son crawl.

— Tu as raison. Les secrets ont déjà fait trop de mal à cette famille.

Le reste de l'après-midi passa dans une étrange dualité : la légèreté des jeux d'eau contrastant avec le poids des révélations. Quand vint le moment de partir, les enfants, épuisés et heureux, s'endormirent presque immédiatement dans la voiture. Lou conduisait, son esprit élaborant déjà le plan pour le lendemain. À côté d'elle, le téléphone vibra. Un message de Mel :

"Merci pour aujourd'hui. Je suis avec toi pour découvrir la vérité."

Les éléments de l'enquête se mettaient en place, et il semblait probable que la vérité sur ma disparition serait bientôt révélée.

Chapitre 21 : Sur les traces du passé

Le soleil se levait à peine quand Lou ouvrit les yeux. La chaleur de la veille s'était estompée durant la nuit, laissant place à une matinée presque fraîche. Les révélations de Mel résonnaient encore dans son esprit. Un secret gardé pendant des décennies. Elle se prépara rapidement. Aujourd'hui, pas question de perdre du temps. Elle avait promis à Tim et Léna de poursuivre l'enquête, d'interroger les voisins qui auraient pu voir ou entendre quelque chose la nuit de ma disparition. En descendant dans la cuisine, elle trouva mes enfants déjà prêts, assis à table. Tim avalait ses céréales avec une détermination inhabituelle, tandis que Léna dessinait distraitement sur un carnet. À mon grand étonnement, elle esquissait une silhouette qui me ressemblait étrangement.

— Bien dormi ? demanda Lou en préparant du café.

— Pas vraiment, répondit Tim. Je pensais à ce que tu nous as dit hier, sur la visite aux voisins.

Léna leva les yeux de son dessin.

— On va vraiment enquêter comme des détectives ?

Lou sourit tout en versant son café dans une tasse.

— Exactement. Mais on doit être méthodiques. Les gens n'aiment pas toujours parler du passé, surtout quand il s'agit d'événements troublants.

— Par où on commence ? demanda Tim, une lueur d'excitation dans les yeux.

— J'ai fait une liste des maisons à proximité de celle de la vôtre. On va commencer par les voisins directs. Ils partirent une heure plus tard. Le quartier où j'avais vécu avec Line était calme, composé de maisons individuelles séparées par des jardins bien entretenus. Ma maison, où vivait désormais Line seule avec les enfants, se trouvait au bout d'une allée bordée d'érables.

— Commençons par ici, dit Lou en désignant une maison blanche avec des volets bleus.

Madame Dumont y vit depuis plus de trente ans. Elle voyait tout ce qui se passait dans le quartier. Tim et Léna échangèrent un regard. Cette expédition prenait des allures d'aventure pour eux. Je les observais avec émotion, ces enfants cherchant à comprendre ce qui était arrivé à leur père. Lou frappa à la porte. Quelques instants plus tard, une femme âgée aux cheveux gris ouvrit.

— Bonjour ? dit-elle, scrutant ses visiteurs.

— Bonjour Madame Dumont, je suis Lou, la nièce de Pierre Martin qui habitait au bout de l'allée. Et voici Tim et Léna, ses enfants.

La femme eut un mouvement de recul, son expression passant de la curiosité à la méfiance.

— Qu'est-ce que vous voulez ?

— Nous cherchons des informations sur la nuit où Pierre a disparu. Nous nous demandions si vous auriez pu voir ou entendre quelque chose.

Madame Dumont jeta un coup d'œil nerveux vers la rue, comme si elle craignait d'être observée.

— Je ne me mêle pas des affaires des autres, répondit-elle avec une certaine brusquerie. Je ne sais rien.

Elle s'apprêtait à refermer la porte quand Léna fit un pas en avant.

— S'il vous plaît, Madame. C'est notre papa. On veut juste comprendre ce qui lui est arrivé.

La sincérité dans la voix de ma fille sembla toucher la vieille dame. Son expression s'adoucit un peu.

— Je suis désolée pour vous, les enfants. Vraiment. Mais cette nuit-là, je n'ai rien vu. J'étais chez ma sœur à Lyon.

Lou hocha la tête, cachant sa déception.

— Merci quand même, Madame Dumont.

Ils tentèrent leur chance chez deux autres voisins, sans plus de succès. L'un prétendait dormir, l'autre affirmait avoir déménagé peu après l'événement et ne se souvenir de rien.

— Personne ne veut parler, grommela Tim, de plus en plus frustré.

— C'est normal, répondit Lou. Les gens ont peur de s'impliquer. Ils s'arrêtèrent devant une maison modeste à la façade légèrement défraîchie. Une glycine abondante encadrait la porte d'entrée.

— C'est notre dernière chance, dit Lou. Madame Lambert habite ici. Sa maison donne directement sur le jardin où Philippe et ton père se seraient disputés.

— Elle sait quelque chose ? demanda Léna, son espoir ravivé.

— On va voir. Lou sonna.

Après un moment qui parut interminable, la porte s'ouvrit sur une femme d'âge moyen, aux traits tirés mais au regard doux.

— Oui ? demanda-t-elle.

Lou se présenta à nouveau, expliquant brièvement leur quête. À sa grande surprise, Madame Lambert n'eut pas l'air étonnée.

— Je me demandais quand quelqu'un viendrait enfin poser ces questions, dit-elle en s'écartant pour les laisser entrer. Venez, entrez.

L'intérieur de la maison était modeste mais accueillant, empli de l'odeur de fleurs séchées suspendues en bouquets au plafond de la cuisine. Madame Lambert leur offrit du thé glacé et les invita à s'asseoir autour de la table.

— Vous êtes les premiers à venir me demander ce que j'ai vu cette nuit-là, dit-elle en servant les verres. La police n'a jamais vraiment enquêté, vous savez. Ils ont conclu à un accident.

— Mais ce n'est pas ce qui s'est passé, n'est-ce pas ? demanda Lou.

Madame Lambert porta une main à ses lèvres, comme pour contenir ses mots.

— Je ne sais pas exactement ce qui s'est passé. Mais j'ai entendu des choses. Des voix fortes, une dispute.

Tim et Léna se penchèrent en avant, captivés et anxieux à la fois.

— Quelles voix ? demanda Tim.

— Votre père et ce voisin, Philippe. Ils se disputaient dans le jardin, tard dans l'après-midi. Je ne pouvais pas entendre les mots exacts, mais ça semblait... intense.

Lou sentit un frisson parcourir son dos.

— Savez-vous à quelle heure c'était ?

— Vers dix-huit heures, peut-être dix-neuf. J'allais préparer le dîner, quand j'ai entendu les éclats de voix. Je me suis approchée de la fenêtre, mais je n'ai pas osé rester longtemps. Les gens du quartier... on ne s'implique pas dans les affaires des autres.

— Qu'avez-vous entendu exactement ? insista Lou.

Madame Lambert ferma les yeux un instant, comme pour mieux se rappeler.

— Des cris au début. Puis le ton est descendu, mais c'était toujours tendu. Et puis... un bruit sourd. Comme si quelque chose... ou quelqu'un... était tombé.

Léna étouffa un petit cri. Tim pâlit visiblement, mais garda son calme.

— Et après ? demanda-t-il d'une voix qu'il essayait de contrôler.

— Plus rien. J'ai attendu, pensant entendre à nouveau des voix, mais rien. J'ai fini par passer à autre chose. Le lendemain, j'ai appris que votre père avait disparu.

Lou continua son interrogatoire.

— Pourquoi n'avez-vous jamais parlé de cela à la police ?

Madame Lambert eut un rire amer.

— Vous ne connaissez pas ce quartier. On ne parle pas. Et puis... Philippe, il a une certaine influence ici. Personne ne veut d'ennuis avec lui.

— Quelle sorte d'influence ? s'enquit Lou.

— Il aide beaucoup de gens. Prête de l'argent, répare des choses. Il connaît du monde à la mairie aussi. Les gens lui doivent des services.

Un calme soudain envahit la cuisine. À l'extérieur, le bruit de la tondeuse à gazon paraissait incongru comparé au sérieux de leur discussion.

— Madame Lambert, seriez-vous prête à témoigner de ce que vous avez entendu cette nuit-là ? demanda Lou. Si nécessaire ? La femme hésita, tripotant nerveusement le bord de son verre.

— Je ne sais pas... J'ai une famille, vous comprenez.

Léna se leva soudain et s'approcha de Madame Lambert. Avec une maturité surprenante pour son âge, elle prit la main de la femme dans la sienne.

— Nous aussi, nous avions une famille. Avant que papa disparaisse. S'il vous plaît, aidez-nous à comprendre ce qui lui est arrivé.

Je sentis mon cœur se serrer devant ce geste. Ma petite fille, si jeune et déjà si forte. Madame Lambert regarda Léna longuement, puis Tim, et enfin Lou.

— D'accord, dit-elle finalement. Si vous trouvez d'autres preuves, si vous avez besoin de mon témoignage... je parlerai.

Une lueur d'espoir s'alluma dans les yeux de Lou. C'était un début. Un témoignage qui confirmait une confrontation entre Philippe et moi la nuit de ma disparition. Mais cela ne leur disait pas encore ce qui s'était réellement passé après cette dispute. Ils remercièrent Madame Lambert et prirent congé, promettant de rester en contact. Sur le chemin du retour, Tim et Léna marchaient en silence, absorbant ce qu'ils venaient d'apprendre.

— Tu penses que Philippe a fait du mal à papa ? demanda finalement Léna, sa voix trahissant sa peur.

Lou passa un bras autour des épaules de ma fille.

— Je ne sais pas, ma chérie. Mais nous allons découvrir la vérité. C'est une promesse.

En les observant marcher ensemble, je ressentis un mélange de fierté et de tristesse. La vérité qu'ils cherchaient était plus complexe et douloureuse qu'ils ne pouvaient l'imaginer. Mais ils étaient sur la bonne voie. J'attendais patiemment que justice soit faite.

Chapitre 22 : L'Épreuve du Feu

Ce matin-là, quelque chose était différent autour de la maison de Philippe. Une étrange agitation semblait s'être emparée de lui, contrastant avec sa nature habituellement calme. Lou, depuis la fenêtre du salon, ne pouvait détacher son attention de cette scène qui la fascinait autant qu'elle l'inquiétait.

Philippe se trouvait dans son jardin, penché au-dessus d'un tonneau métallique d'où s'élevait lentement une fumée grise. Il ajoutait des feuilles froissées au feu, qui les consumait rapidement.

Lou essayait de voir ce qu'il détruisait. Des lettres ? Des photos ? Elle se demandait ce qui pouvait être si important qu'il veuille tout transformer en cendres.

Il disparut dans la maison, avant de revenir avec une boîte métallique. Il l'ouvrit avec soin, en sortit un bloc-notes qu'il feuilleta lentement.

Ses gestes étaient précis, presque comme un rituel. Le visage fermé, il s'arrêta sur certaines pages, comme si elles étaient particulièrement importantes. Puis, sans hésiter, il le jeta dans le tonneau.

Lou sentit ses mains se crisper. L'idée qu'il puisse faire disparaître des traces, des indices, lui était insupportable.

Pourtant, elle resta là, incertaine. S'approcher ? L'arrêter ? Mais que pourrait-elle faire face à lui, seule, sans preuves ? Philippe resta là quelques minutes, admirant les flammes comme s'il y cherchait un certain apaisement.

Lorsqu'il se redressa finalement, il ramassa la boîte vide et retourna dans la maison. Quelques instants plus tard, Philippe réapparut, un sac de voyage sur l'épaule. Son pas était rapide, nerveux. Il verrouilla la porte de sa maison et jeta un coup d'œil autour de lui avant de partir dans la rue.

Un élan poussa Lou à réagir.

— Je reviens, dit-elle rapidement aux enfants, sans attendre leur réaction.

Elle sortit, ferma la porte derrière elle, et se mit à suivre Philippe à distance. Philippe avançait vite. Lou le suivait prudemment, restant dans l'ombre des murs pour ne pas être vue. Il tourna dans la rue Magenta, un endroit chargé de souvenirs pour moi. Chaque coin de cette rue racontait une partie de mon passé. Les façades des maisons, blanchies par les années, semblaient figées dans le temps, tout en gardant l'essence de la vie passée.

Je ne pouvais m'empêcher de penser à la maison de Thomas, mon meilleur ami, qui se trouvait au milieu de la rue.

Une maison simple, avec ses volets verts écaillés et une vieille balançoire qui pendait encore, usée, à un arbre dans le jardin. Combien de fois avions-nous joué ici, transformant ce petit jardin en un royaume imaginaire ?

La maison de Thomas avait toujours quelque chose de spécial. Sa mère, une femme douce mais stricte, tenait à ce que tout soit en ordre.

Pourtant, à l'intérieur, c'était un joyeux désordre : des dessins punaisés au mur, des jouets éparpillés, et une odeur de gâteaux aux amandes qu'elle aimait préparer. Passer devant cette maison me ramenait à ces jours insouciants où nous étions inséparables.

Nous partagions tout : nos rêves, nos peurs, nos victoires et même nos disputes, souvent provoquées par Philippe, qui trouvait toujours un moyen de nous mettre en compétition. Philippe ne s'arrêta pas devant cette maison. Il continua son chemin jusqu'au bout de la rue, où se trouvait la boulangerie. Cette boulangerie, je ne pouvais pas l'oublier. Son enseigne, même décolorée par le temps, affichait encore le mot "Boulangerie-Pâtisserie" en lettres dorées presque effacées. Ses vitrines, autrefois pleines de pâtisseries et de pains croustillants, étaient aujourd'hui couvertes de poussière. Je revoyais Brigitte, la boulangère, avec son visage rond et son sourire chaleureux. Elle avait toujours un mot gentil ou une petite brioche à offrir.

— Tiens, mon bonhomme, pour te donner de l'énergie à l'école ! me disait-elle en me tendant un sac de papier brun qui sentait le beurre chaud.

Ces souvenirs me réchauffaient le cœur, mais aujourd'hui, la boulangerie était méconnaissable. Les volets étaient fermés, et la porte, autrefois toujours ouverte, semblait maintenant interdite. Philippe passa devant sans un regard, comme s'il ne voyait qu'un bâtiment ordinaire.

Il continua jusqu'au petit square, situé entre l'école primaire et la prison. Je le vis poser son sac près d'un banc en fer forgé avant de s'y asseoir.

Ce banc... je le reconnaissais tout de suite. C'était là que je venais, enfant, pour relire mes leçons ou simplement rêver avant de rentrer à l'école.

Le square, avec ses grands arbres qui formaient une ombre protectrice, était un endroit calme, malgré la présence imposante de la prison juste en face.

Les parterres de fleurs étaient entourés de petites bordures en béton, et les bancs, bien que vieillis, portaient encore la peinture verte écaillée qui les avait toujours caractérisés.

L'école, juste à côté, était un bâtiment imposant avec ses murs de pierre grise et son toit en ardoise. Je me souvenais de la grande porte en métal qui s'ouvrait chaque matin pour accueillir des générations d'enfants.

En face, la prison offrait un contraste frappant. Derrière ses hauts murs austères, elle semblait presque hors du temps. Sa porte massive, en bois épais, restait toujours fermée, comme pour garder les secrets qu'elle contenait. Peu de gens parlaient de ce qui se passait derrière ces murs, mais les histoires racontées dans le square alimentaient les peurs et les mystères.

Philippe sortit quelque chose de son sac : un cahier, une enveloppe peut-être. Il l'observa longtemps avant de le ranger avec soin. Ses gestes étaient lents, comme s'il pesait chaque mouvement.

Lou, cachée derrière un arbre, hésitait. Elle semblait vouloir s'approcher, mais elle restait immobile.

Peut-être voyait-elle dans ses gestes une détresse qu'elle ne voulait pas déranger. Elle l'observait, intriguée.

Pourquoi Philippe venait-il ici ? Que signifiait ce lieu pour lui ? Était-ce une simple halte, ou cherchait-il à revivre quelque chose ? Philippe finit par se lever, ajusta son sac, et quitta le square vers la rue adjacente.

Lou hésita une seconde avant de reprendre sa filature. C'est certain qu'à un moment ou un autre, il verrait qu'elle le suit. C'est trop dangereux, Lou décide donc de faire demi-tour.

Lorsque Lou revint à la maison, ses pensées tournaient sans cesse. Elle ne savait pas exactement ce qu'elle venait de voir, mais le comportement de Philippe l'avait profondément troublée.

Elle ferma la porte et trouva Line dans la cuisine, en train de ranger des assiettes. Line se retourna en entendant Lou entrer.

— Tu étais où ? demanda-t-elle, l'air inquiet.

— Juste dehors, répondit Lou en posant son sac sur une chaise.

Cette réponse intrigua ma femme, mais elle n'insista pas tout de suite. Elle finit de ranger une pile d'assiettes, puis s'essuya les mains sur un torchon avant de s'approcher.

— Lou, je voulais te parler, dit-elle enfin.

Lou s'arrêta.

Elle redoutait cette conversation.

— À propos de tout ce qui se passe en ce moment, continua Line. Je voulais m'excuser pour... le week-end dernier. Lou leva les yeux, surprise.

— J'ai été injuste avec toi, reprit Line. Ce que tu as découvert... c'est énorme. Philippe, sa lettre, tout ça. Je n'étais pas prête. J'ai paniqué.

Lou baissa les yeux, mal à l'aise.

— Je voulais juste aider.

— Je le sais. Et je t'en remercie. Tu fais beaucoup pour nous, plus que je n'aurais pu espérer. Mais tout ça me fait peur. Pas seulement pour moi, mais pour toi aussi.

Lou sentit une vague d'émotion.

— Pourquoi pour moi ?

— Parce que tu te mets en danger, répondit Line. Suivre Philippe, fouiller dans ces histoires... Ça pourrait mal tourner. Je ne veux pas te perdre, Lou.

Lou sentit son cœur se serrer. Elle n'était pas habituée à entendre ce genre de mots.

— Je comprends, dit-elle. Mais je ne peux pas rester là sans rien faire. Il y a trop de questions, trop de choses qui ne collent pas.

— Je sais, admit Line. Mais promets-moi de ne pas agir seule. Si tu trouves quelque chose, viens m'en parler. D'accord ?

— Promis.

Un léger sourire apparut sur le visage de Line.

— Merci.

Lou, avec sa détermination et sa force, devenait un membre indispensable de ma famille.

Et Line, malgré ses craintes, semblait trouver une nouvelle résolution en elle-même. Pourtant, je savais que le chemin serait encore long.

Philippe continuait de porter le poids d'un secret que lui seul connaissait. Et je ne pouvais m'empêcher de me demander : cette vérité, lorsqu'elle éclaterait, allait-elle nous libérer ou nous détruire ?

En suivant Philippe à distance, Lou m'avait replongé dans mon enfance, comme si chaque pas qu'il faisait ouvrait une porte vers mon passé. Les lieux qu'il traversait, les gestes qu'il accomplissait, tout semblait faire revivre des moments oubliés de mon enfance, particulièrement ceux où il était présent. Philippe n'était pas qu'un voisin ou qu'une connaissance. Il avait toujours eu une place particulière dans ma vie, même si je ne comprenais pas pourquoi avant.

Il s'invitait souvent dans mon quotidien, d'abord en prétextant surveiller nos jeux dans la rue, puis en se rapprochant de ma famille. Enfant, je voyais en lui quelqu'un d'autoritaire, une personne presque intimidante, mais aussi fascinante.

Je me souviens des week-ends où il organisait des séances d'entraînement au basket-ball pour Thomas et moi. Sur le moment, cela me semblait normal : un adulte qui prenait le temps de jouer avec nous, de nous apprendre des techniques.

Pourtant, maintenant, je réalise que ces moments n'étaient pas aussi innocents qu'ils en avaient l'air. Philippe ne se contentait pas de nous entraîner. Il comparait. Toujours.

— Prends exemple sur Pierre ! Voilà comment on dribble ! disait-il en haussant la voix, un sourire satisfait sur le visage.

Et Thomas, à côté de moi, serrait les dents.

— Pourquoi tu n'y arrives pas comme lui ? lançait Philippe sans retenue.

Ces mots, répétés semaine après semaine, ont fini par creuser un fossé entre nous. Je voyais bien que ça blessait Thomas, même s'il essayait de le cacher derrière des blagues ou des rires forcés. Un jour, alors que nous jouions dans la cour, Thomas avait explosé.

— Pourquoi il te met toujours sur un piédestal ? m'avait-il lancé, énervé.

Je n'avais pas su quoi répondre. À mes yeux, Philippe n'avait jamais fait que m'encourager. Mais pour Thomas, chaque mot était une humiliation, un rappel qu'il n'était pas « à la hauteur ».

Ces souvenirs me frappaient maintenant alors que je voyais Lou marcher sur les traces de Philippe. Je me demandais : pourquoi agissait-il ainsi ?

Était-ce simplement sa façon d'être, ou y avait-il quelque chose de plus profond derrière ces comportements ?

Il y avait aussi cette autre scène, encore plus marquante. C'était un après-midi d'été.

Nous étions dans la rue Magenta, devant sa maison. Philippe était passé, comme souvent, pour « nous encourager ». Mais ce jour-là, quelque chose avait changé.

— Tu sais, m'avait-il dit en s'accroupissant à ma hauteur, tu as un potentiel incroyable. Thomas pourrait peut-être y arriver aussi... s'il faisait plus d'efforts.

Thomas avait rougi, mais il n'avait rien dit. Une fois Philippe parti, il s'était tourné vers moi.

— Tu le vois vraiment comme un modèle, toi ? avait-il demandé, presque avec défi.

Je n'avais pas compris sur le moment. Pour moi, Philippe était simplement quelqu'un qui m'apprenait des choses. Mais pour Thomas, il était déjà devenu un symbole d'injustice, une ombre sur notre amitié. Aujourd'hui, je ne pouvais m'empêcher de penser que ce rôle que Philippe avait joué dans notre enfance était peut-être lié à ce qu'il cherchait à cacher maintenant. Chaque rue et endroit qu'il traversait évoquait quelque chose. Maintenant, ce square avait un lien particulier avec lui. Était-il simplement en quête de pardon ? Ou cherchait-il à effacer les traces d'un passé qui continuait de le hanter ?

Chapitre 23 : Le Chalet des Confessions

La maison de Philippe était vide. Lou l'avait surveillée pendant plusieurs jours, certaine qu'il était parti. Ce départ n'avait rien d'étonnant après tout ce qu'elle avait découvert.

En fouillant chez lui, elle avait trouvé un document qui ne cessait de la hanter : l'acte d'achat du chalet de mes parents. Ce lieu appartenait maintenant à Philippe. Lou ne comprenait pas pourquoi il avait acheté ce chalet, mais son instinct lui soufflait que cet endroit contenait des réponses.

Ce matin-là, elle était prête. Elle avait attendu que sa tante parte travailler et que les enfants quittent la maison pour l'école. Une fois seule, elle passa à l'action. Lou monta dans sa chambre et remplit un sac. Elle y glissa des vêtements, une lampe torche, quelques barres énergétiques, et son téléphone. Chaque geste était rapide, précis, déterminé.

Avant de quitter la maison, elle s'arrêta dans la cuisine. Sur un bout de papier, elle écrivit un message court qu'elle laissa bien en vue : « Je suis une intuition. »

Elle voulait agir seule, sans inquiéter personne ni provoquer de confrontation. Elle prit son sac, sortit, et démarra sa voiture.

J'aurais voulu lui crier de faire attention, de ne pas agir sans réfléchir. Ma nièce prenait des risques considérables. Lou gara sa voiture loin du chalet, dissimulée derrière un bosquet d'arbres. Elle coupa le moteur, saisit son sac, et avança discrètement à travers les feuillages.

Cachée dans le petit bois, elle observait la maison. L'endroit semblait abandonné. Pourtant, quelque chose dans l'air lui disait qu'elle se rapprochait de la vérité. Elle s'arrêta derrière un arbre quand une porte claqua. Lou retint son souffle, les yeux rivés sur l'entrée du chalet.

Philippe apparut, seul, marchant vite et nerveusement. Il observa autour de lui, comme pour vérifier que personne ne l'observait, avant de monter dans sa voiture garée devant l'habitation.

Lou se raidit en le voyant démarrer et partir, le crissement des graviers sous les pneus s'estompant rapidement. Elle attendit encore quelques minutes. Une fois sûre qu'il était parti, elle quitta sa cachette. Elle s'approcha du chalet avec prudence.

Les volets partiellement fermés et la façade usée donnaient l'impression d'un lieu abandonné. Ce lieu cachait quelque chose.

En contournant le chalet, Lou repéra une fenêtre à l'arrière, ses cadres en bois rongés par l'humidité, laissant voir une vitre fêlée. Le vent sifflait par les fissures, apportant l'odeur âcre de mousse humide.

Elle ramassa un caillou, sentant sa surface froide contre sa paume. D'un geste rapide, elle brisa la vitre. Le bruit résonna comme un coup de feu dans le silence de la forêt. Fixe, le souffle coupé, elle tendit l'oreille, guettant le moindre mouvement. Après un instant qui lui parut interminable, elle se faufila à l'intérieur. L'air vicié et poussiéreux l'enveloppa aussitôt, tandis que ses yeux s'adaptaient à l'obscurité. Lou avançait sans bruit, ses pas étouffés par la poussière au sol. La lumière de sa lampe révélait un chaos inquiétant : des vêtements abandonnés, des boîtes de médicaments éparpillées sur une table, et des meubles usés par les années. Elle progressait avec prudence dans la pièce principale, tous ses sens en alerte. Dans une armoire, elle trouva un cahier couvert de notes incompréhensibles. Tout près, une photo de moi sur une étagère poussiéreuse attira son attention. Ce détail la fit frissonner.

Alors qu'elle se penchait pour explorer un tiroir au bas de l'armoire, un bruit extérieur la pétrifia. Des pas, lourds et réguliers, écrasaient les cailloux devant le chalet.

Le cœur de Lou s'emballa. Philippe était revenu. Elle tenta de comprendre pourquoi elle ne l'avait pas entendu arriver. Aucune voiture, aucun moteur. Était-il parti à pied plus tôt ? Ou avait-il simplement fait semblant de s'éloigner ? Ces questions tournoyaient dans son esprit tandis qu'elle éteignait sa lampe et cherchait où se cacher.

Ses yeux scrutèrent la pièce sombre jusqu'à ce qu'elle distingue un lit délabré contre un mur. Elle se glissa dessous, contrôlant sa respiration, consciente du moindre bruit qu'elle produisait.

Les pas se rapprochèrent de la porte, qui s'ouvrit violemment. Un faisceau de lumière balaya la pièce.

Philippe entra sans un bruit, inspectant les lieux comme s'il sentait une présence étrangère. Soudain, le silence vola en éclats. Le téléphone de Lou vibra dans son sac.

Une vague de terreur la submergea, incapable d'arrêter le bruit. Philippe se stoppa un instant, puis sa voix grave brisa s'éleva:

— Lou. Je sais que tu es là.

Elle ferma les yeux, terrifiée. Philippe avança lentement, sa lampe balayant le sol, jusqu'à s'arrêter devant le lit.

— Sors de là, maintenant, ordonna-t-il, sa voix glaciale.

Le cœur au bord de l'explosion, Lou sentit une sueur froide couler le long de sa nuque. Chaque mouvement lui coûtait un effort surhumain, ses muscles tendus par la peur. En se redressant, elle croisa le regard de Philippe. Une avalanche de souvenirs la submergea : les rires partagés, les confidences échangées, … Tout semblait maintenant distant et déformé. Philippe l'observait avec une intensité mêlant regret et détermination, ses yeux trahissant une tempête intérieure. Il la fixait, une lueur dangereuse dans les yeux, sa lampe braquée sur elle.

— Tu aurais dû rester chez toi, dit-il, avant de lui ordonner de s'asseoir sur une chaise à l'autre bout de la pièce.

Lou avançait lentement, mains levées en signe de soumission. Philippe ne la quittait pas des yeux.

— Assieds-toi, commanda-t-il en désignant une chaise usée dans un coin.

Lou obéit à contrecœur, son cœur cognant si fort que Philippe devait l'entendre. Il posa sa lampe sur une table et sortit une corde d'un tiroir.

— Pourquoi es-tu ici, Lou ? demanda-t-il froidement en s'approchant.

Elle resta muette, yeux baissés. Philippe s'accroupit devant elle, la corde entre ses mains.

— Tu ne devrais pas fouiller dans des histoires qui ne te concernent pas, continua-t-il.

Lou ouvrit la bouche pour protester, mais Philippe saisit ses poignets et commença à les attacher fermement derrière son dos. Elle se débattit, mais il resserra sa prise.

—Arrête, gronda-t-il, sa voix vacillante, trahissant un mélange de rage et d'anxiété.

Une fois ses mains liées, Philippe recula et l'examina, ses yeux brillant d'une étrange intensité.

— Qu'est-ce que tu cherchais ? Pourquoi tu ne peux pas simplement... laisser ça derrière toi ?

Lou affronta son regard, rassemblant tout son courage pour répondre.

— Parce que je veux comprendre. Et parce que Line mérite de savoir.

Il recula, passant une main sur son front, écrasé par ses pensées. Lou sentit son téléphone vibrer à nouveau dans son sac, resté au sol. Philippe l'entendit aussi. D'un geste vif, il s'empara du téléphone, jeta un œil à l'écran et l'éteignit.

— Personne ne viendra te chercher, dit-il en jetant l'appareil sur la table.

Il se tourna vers Lou, son visage marqué par une fatigue presque désespérée.

— Maintenant, tu vas m'écouter, ajouta-t-il. Tu veux comprendre ? Très bien. Mais tu risques de regretter d'avoir remué cette histoire.

Philippe tira une chaise et s'assit face à elle. Il resta silencieux un moment, cherchant ses mots, avant de commencer à parler, d'une voix lourde et empreinte de douleur. Philippe baissa la tête, respirant difficilement, comme si chaque mot lui arrachait l'âme. Lou, ligotée, gardait un silence chargé de colère froide et de profonde tristesse. Elle savait déjà que Philippe était mon père. Elle l'avait découvert en fouillant chez lui, mais l'entendre de sa bouche, avec tous les détails, rendait cette vérité encore plus insupportable.

— Je voulais lui dire depuis des années, soupira Philippe. Mais je n'ai jamais trouvé le courage. Ce jour-là, j'ai décidé d'en finir avec cette lâcheté. Je suis allé chez lui, pour tout avouer. Et cela à mal fini.

Il leva les yeux, puis continua :

— Il était dans le jardin, en train d'arracher des mauvaises herbes. Je l'ai observé un moment. Je voulais l'aider, alors j'ai pris ses gants.

Ces mots me frappèrent comme la foudre. Voilà donc où étaient passés mes gants ! Philippe les avait pris.

Et pour quoi ? Pour tenter de se rapprocher avant de me lancer une vérité que je n'étais pas prêt à entendre ?

— Quand il m'a vu, je lui ai tout dit, reprit Philippe, la voix tremblante. Que j'étais son père et que je regrettais de ne pas avoir été présent dans sa vie.

Il respira profondément, ses mains tremblaient.

— Il a explosé. Une colère que je n'avais jamais vue. Il m'a insulté, m'a dit que je n'avais aucun droit, que je n'étais rien pour lui.

Philippe se leva brusquement et se mit à marcher, incapable de rester inactif.

— Il m'a repoussé. Je l'ai repoussé à mon tour. Ça aurait pu s'arrêter là, mais je ne sais pas ce qui m'a pris. Il a trébuché, et il y avait cette barre de fer.

Il s'interrompit, ses yeux fixés sur un point invisible, comme s'il revivait cette scène cauchemardesque.

— Je voulais juste qu'il m'écoute. Qu'il arrête de crier. Alors je l'ai frappé. Une seule fois.

Sa voix se brisa, et un mutisme pesant s'installa.

— Il ne bougeait plus. Je me suis penché sur lui, mais... il était trop tard.

Lou ferma les yeux un instant, comme pour contenir le tsunami d'émotions qui la submergeait.

— J'ai paniqué, poursuivit Philippe, sa voix à peine audible. J'ai eu peur de ce que j'avais fait. Alors, je suis parti.

Il s'effondra sur sa chaise, son visage ravagé par un tourment sans fond.

— Pendant des jours, j'ai pensé aller à la police. Mais je n'ai pas pu. Dire la vérité... ça aurait tout détruit. Line, les enfants, toi... Il leva les yeux vers Lou.

— Tu comprends ? Pourquoi je ne pouvais pas parler ?

Lou prit une profonde inspiration, luttant pour garder son calme malgré les tremblements dans ses mains.

— Philippe, dit-elle d'une voix basse mais ferme, la vérité est déjà là. Fuir ne changera rien. Si tu veux vraiment honorer ton fils, tu dois te rendre.

Philippe secoua la tête, épaules affaissées.

— Et s'ils ne me pardonnent jamais ?

Lou le fixa, ses mots simples mais dévastateurs :

— Le pardon, ce n'est pas toi qui le décides. Mais la vérité, c'est tout ce qui reste.

Il se tut, visage dévasté. Il s'était effondré sur sa chaise, prisonnier de sa culpabilité, mais moi, j'étais consumé par la rage. Je l'observais, incapable de détacher mes pensées de son crime. Lou était là, attachée, vulnérable, et je ne pouvais rien faire. C'était insupportable.

Je tentais de l'atteindre, de concentrer toute ma fureur en une action, un coup, n'importe quoi qui le ferait réagir. Je voulais qu'il ressente, ne serait-ce qu'un instant, le poids de ses actes.

Mais rien. Absolument rien. Lou avait besoin d'aide, et je refusais de rester impuissant. Je fixai le téléphone, posé sur la table, éteint par Philippe.

Peut-être pouvais-je essayer quelque chose. Si je ne pouvais pas agir directement, je devais trouver une autre voie.

Je me concentrai sur l'appareil, rassemblant toute mon énergie. C'était un effort surhumain, mais après quelques secondes, une lueur d'espoir : l'écran s'illumina brièvement. Je luttai pour ouvrir l'application de messages. Chaque mouvement mental était une bataille acharnée, mais j'y parvins. Incapable d'écrire, mes mots hors d'atteinte, j'envoyai plusieurs messages vides à Line. Juste ça. Suffisamment pour qu'elle comprenne que quelque chose n'allait pas. Je sentais mes forces s'épuiser, mais il fallait que cela suffise. Line connaissait Lou. Elle savait que ma nièce n'écoutait jamais les avertissements. Philippe oscillait entre un calme inquiétant et un chaos intérieur. Lou, courageuse malgré tout, essayait de le convaincre, ses paroles empreintes de raison et d'espoir.

Le crépuscule approchait quand Line rentra chez elle, épuisée mais soulagée de retrouver un peu de tranquillité. Elle n'eut pas le temps de poser son sac que mes enfants se précipitèrent vers elle, visiblement agités.

— Maman ! Tiens ! s'écria Tim, donnant un papier froissé. Line prit le papier et le déplia. Elle reconnut aussitôt l'écriture de Lou : « Je suis une intuition. ».

— Où avez-vous trouvé ça ? demanda Line, la gorge nouée.

— Sur la table, répondit Léna. On pensait que ça ne voulait rien dire, mais...

Tim l'interrompit :

— Elle parlait de Philippe. Elle disait qu'il cachait quelque chose de grave.

Le cœur de Line s'emballa. Elle comprit immédiatement. Lou cherchait Philippe, mais où était-il ? Alors qu'elle saisissait son téléphone pour appeler Lou, l'écran vibra. Deux messages vides venaient d'arriver à quelques secondes d'intervalle. C'était étrange, troublant. Line relisait le mot laissé par Lou, posé sur la table. Ses doigts tremblaient tandis qu'elle tentait à nouveau de l'appeler. Mais, comme les fois précédentes, elle tombait sur le répondeur. Elle raccrocha en soupirant, cœur battant à se rompre.

— Maman, tu crois qu'elle est où ? demanda Léna, la voix hésitante, en triturant sa manche.

Line posa le téléphone et respira profondément.

— Je ne sais pas, chérie. Mais je vais tout faire pour la retrouver. Tim, assis près de sa sœur, fixait intensément le mot de Lou.

— Maman, dit-il soudain, Lou a parlé du chalet. Celui de mamie et papy.

Line redressa la tête, yeux rivés sur son fils.

— Le chalet ? Celui des parents de votre père ?

Tim semblait de plus en plus sûr de lui.

— Oui. Elle a dit que Philippe l'avait acheté. Elle en parlait l'autre jour en fouillant ses affaires.

Line s'interrompit brusquement. Elle se rappela que je lui avais parlé de ce chalet. J'avais mentionné un autre détail, presque en passant.

— « La Friture », lança-t-elle soudain.

Léna, intriguée, demanda :

— C'est quoi, "La Friture" ?

Line se redressa, déterminée.

— Une auberge. Pierre m'avait dit qu'elle était sur la route du chalet, juste avant le grand virage qui descend dans la forêt.

Tim, bouillonnant d'énergie :

— Alors Lou a sûrement pensé que Philippe est là-bas.

Line n'hésita plus. Elle attrapa son téléphone et composa rapidement le numéro de la police.

— Oui, je crois savoir où elle est. C'est un chalet familial, près d'un endroit appelé "La Friture". C'est une auberge connue dans le coin. Je peux vous donner plus de détails pour vous guider. Après avoir fourni les informations, elle raccrocha, haletante. Elle se tourna vers les enfants.

— La police s'en occupe. Restez ici, ordonna-t-elle fermement. Vous ne quittez pas la maison. Après l'appel, Line resta paralysée, téléphone en main. Les deux messages vides reçus plus tôt la hantaient. Quelque chose – ou quelqu'un – avait essayé de l'alerter.

Elle fixa son téléphone, espérant que Lou la rappellerait, mais rien. Chaque seconde comptait. La police arriverait-elle à temps ? Line le priait de toute son âme.

Dans le chalet, il n'y avait pas un bruit. Philippe, toujours face à Lou, semblait écrasé par ses aveux. Ses mains tremblaient, son regard fuyant révélait une lutte intérieure dévastatrice. Lou, malgré la terreur qui l'étreignait, continuait de le fixer, résolue à le ramener à la raison.

— Philippe, tu ne peux pas fuir éternellement, dit-elle avec force. La vérité finira toujours par te rattraper.

— Et que sais-tu de la vérité, Lou ? riposta-t-il, un éclair de défi dans les yeux. Tu penses tout savoir, mais tu ignores mes sacrifices.

— Des sacrifices ? Comme mentir à ta propre famille ? Enterrer des secrets qui détruisent des vies ?

—Tu penses que c'était facile ? Chaque jour, je portais le poids de mes actes, espérant protéger ceux que j'aime.

— Protéger ? En nous mentant ? Philippe, l'amour ne justifie pas tout. Parfois, affronter la vérité est la seule façon de vraiment protéger ceux qu'on aime.

Philippe secoua la tête, un rire amer s'échappant de ses lèvres.

—Cela changera-t-il quelque chose ? Personne ne me pardonnera jamais. J'ai détruit Pierre, détruit Line, détruit cette famille !

Sa voix explosa soudain, et Lou se raidit, sentant un danger imminent.

— Peut-être qu'ils ne te pardonneront pas, répondit-elle calmement. Mais cacher ton crime ne fait qu'empirer les choses. Si tu veux vraiment réparer, si tu veux honorer Pierre, tu dois te rendre.

Philippe bondit, sa chaise raclant violemment le sol.

— Me rendre ? Pour quoi ? Pour croupir en prison, haï de tous ? Il se détourna, arpentant la pièce comme un animal en cage, son agitation grandissant à chaque pas.

— C'est trop tard pour moi, Lou. Trop tard pour tout.

Lou frissonna. Elle comprit qu'il oscillait entre culpabilité écrasante et désespoir absolu.

— Ce n'est jamais trop tard pour faire ce qui est juste, dit-elle, voix tremblante mais inébranlable.

Philippe s'arrêta net, se tournant vers elle. Ses yeux étaient rouges, son visage hanté.

— Vraiment ? Tu penses que Line... ou toi... ou Pierre, où qu'il soit, pourriez me pardonner ?

Lou inspira profondément, choisissant ses mots avec soin.

— Ce n'est pas à moi de répondre. Mais ce que tu fais maintenant compte. C'est l'essentiel.

Un silence de plomb s'abattit sur la pièce, jusqu'à ce qu'un vrombissement de moteur brise la tension. Des lumières bleues dansèrent sur les murs à travers la fenêtre. Lou comprit : la police était arrivée.

Philippe tourna la tête vers la fenêtre. Il resta figé, comme si enfin, il acceptait son destin.

— Ils sont là, dit-il simplement.

Il recula d'un pas, visage impassible. Quelques secondes plus tard, la porte s'ouvrit avec fracas, et deux policiers surgirent, armes au poing.

— Ne bougez pas ! cria l'un d'eux.

Philippe leva lentement les mains, sans résistance. Les policiers s'avancèrent pour libérer Lou et l'écarter. Philippe se laissa menotter, ses gestes lents, résignés.

Lou, enfin libre, sentit ses jambes fléchir. Elle s'affala sur une chaise, cœur battant la chamade. Elle vit Philippe être conduit dehors. Il monta dans la voiture de police, jetant un dernier regard au chalet, comme s'il tournait la page sur son passé torturé.

Lou resta là, mains tremblantes, consciente que cette nuit n'était que le début d'un long chemin vers la vérité et peut-être, un jour, la guérison.

Dehors, les gyrophares projetaient des ombres dansantes sur la façade délabrée du chalet. Line arriva peu après, accompagnée d'un troisième agent. Son visage reflétait une angoisse dévorante, mais quand elle vit Lou sortir indemne, un soulagement immense la transforma.

— Lou ! cria-t-elle en courant vers elle.

Lou s'effondra presque dans ses bras, toute la tension accumulée cédant d'un coup.

— Je vais bien, Line... Je vais bien, dit-elle, voix encore vacillante.

Line la serrait contre elle, refusant de lâcher prise, comme pour s'assurer qu'elle était bien réelle.

— Tu n'aurais jamais dû y aller seule, dit Line, sa voix à la fois ferme et brisée. Tu aurais pu...

Elle s'interrompit, incapable de formuler l'impensable. Un policier s'approcha, interrompant leur étreinte.

— Philippe va être placé en garde à vue. Il a déjà avoué sur place. Nous aurons besoin de vos témoignages très bientôt.

Line retint ses larmes, tandis que Lou gardait un œil attentif sur la voiture où Philippe était assis, tête basse.

— Il a parlé. C'est le plus important.

— On rentre à la maison.

Lou suivit, chancelante, alors qu'ils s'éloignaient du chalet. Dans la voiture, sur le chemin du retour, personne ne parlait. Une route chargée de révélations et de vérités douloureuses. Philippe avait enfin admis ses actes. En les voyant partir, je savais que pour ma famille, rien n'était encore résolu. Le passé continuait de nous hanter tous.

Chapitre 24 : Philippe

La cellule était étroite, presque étouffante. Les murs d'un gris sale reflétaient faiblement la lumière d'un néon qui clignotait par intermittence. L'air avait une odeur métallique mêlée de désinfectant, qui s'insinuait partout sans laisser de répit.

Philippe était assis sur le lit en métal, les mains croisées. Il ne fixait ni le sol, ni les murs, mais devant lui. Tout était dit. Tout était fini. Après des années à porter le poids de ses secrets, il avait enfin parlé. Il avait pensé qu'en avouant, quelque chose s'allégerait en lui. Mais le poids demeurait, immense, presque insupportable. Chaque bruit lui paraissait amplifié : le grincement lointain d'une porte, les pas d'un gardien dans le couloir, et parfois, ce calme absolu qui envahissait tout.

Cette bulle hors des autres, Philippe la connaissait bien. Il l'avait accompagné toute sa vie, dans chaque décision qu'il n'avait pas su prendre, dans chaque mot qu'il n'avait pas su dire. C'est étrange... Quand il n'y a plus rien à cacher, il reste encore tant à affronter.

Cet homme que j'ai rejeté, méprisé parfois, et qui pourtant n'a jamais cessé de graviter autour de ma vie.

Je vois sa fatigue, son épuisement, et au-delà de tout cela, je vois autre chose : le regret.

Ce n'est pas un simple remords, mais un profond regret de savoir qu'il est impossible de réparer ce qui a été brisé. Philippe avait toujours été un homme de peu de mots. Ses paroles, quand il les utilisait, semblaient choisies avec soin, mais aujourd'hui, dans cette cellule, elles n'avaient plus d'importance. Il n'y avait plus de place pour les justifications. Il respira profondément, les yeux rivés sur le mur en face. Là où certains auraient pleuré, crié, ou prié, lui restait stoïque. Peut-être que c'était tout ce qu'il savait faire : endurer.

Mais pour la première fois, je commence à voir autre chose. Pas seulement l'homme maladroit et distant que j'ai connu, mais l'enfant qu'il avait été, l'adolescent solitaire, et l'adulte qui avait essayé de vivre malgré ses échecs. Il n'a pas toujours été ce qu'il est aujourd'hui. Et peut-être que, pour comprendre ce qu'il a fait, il faut revenir là où tout a commencé.

Les souvenirs d'enfance de Philippe remontent, inévitablement. Ils sont ancrés dans une maison froide, presque clinique, où les mots d'amour n'avaient jamais trouvé leur place. Cette maison, il la revoyait comme un décor immuable : des murs impeccables, des meubles parfaitement alignés, et une horloge dont le tic-tac rythmait chaque seconde de sa vie.

Son père, un homme à la présence écrasante, n'avait jamais levé la main sur lui. Il n'en avait pas besoin. Sa voix basse et tranchante suffisait.

Chaque phrase, chaque geste, était une leçon sur ce qu'un homme devait être : fort, inflexible, et surtout, parfait. Philippe, enfant unique, supportait seul le poids de ces attentes.

—Un homme ne se plaint pas. Un homme réussit. Et toi, Philippe, tu dois toujours réussir.

Un jour, il avait participé à une compétition de course à l'école. Contre toute attente, il avait obtenu la deuxième place. Les autres enfants l'avaient applaudi, son professeur avait souri. Mais son père, en récupérant la médaille qu'il lui tendait fièrement, avait simplement demandé :

—Pourquoi pas la première ?

Ces mots l'avaient marqué, plus qu'il ne voulait l'admettre. Ce jour-là, il avait compris que rien de ce qu'il ferait ne serait jamais suffisant. Alors, il s'était tu. Il avait décidé qu'il ne chercherait plus à plaire. Il se réfugierait ailleurs.

Philippe aimait les mécanismes, les rouages. À huit ans, il avait découvert une vieille horloge dans le grenier. Fasciné, il l'avait démontée pièce par pièce, explorant chaque engrenage. Quand il l'avait remontée, elle avait fonctionné. Cette réussite silencieuse, personne ne l'avait vue, mais elle avait été sa première victoire. Son père, pourtant, était passé à côté de lui ce jour-là. Il avait examiné l'horloge, marmonné un vague "Bien", puis était sorti. Philippe s'était promis de ne plus attendre d'approbation.

À l'école, Philippe excellait. Les professeurs le qualifiaient de génie en herbe, mais lui se contentait de rester discret.

Il détestait l'attention. Les autres élèves le trouvaient étrange. Il parlait peu, et son sérieux le rendait différent.

Dans la cour, il observait les garçons jouer au football, rire, se bousculer. Il ne participait jamais. Une fois, il avait essayé. Un ballon lui avait été lancé, et il avait maladroitement tenté de le contrôler. Les rires des autres garçons avaient éclaté autour de lui.

—T'es meilleur avec tes bouquins, Philippe !

Il s'était juré de ne plus jamais retenter l'expérience. Ce monde-là, ce monde de camaraderie et de légèreté, n'était pas fait pour lui. Mais dans ces moments d'isolement, il ressentait un pincement. Il n'aurait jamais osé le formuler, mais il aurait aimé, parfois, en faire partie. Je le vois, cet enfant qu'il a été. Ce garçon qui rêvait peut-être d'un mot gentil, d'une tape sur l'épaule, mais qui n'a reçu que des critiques. Ce garçon qui a appris à tout garder en lui, à ne rien dire, à ne rien montrer. Et aujourd'hui, dans cette cellule, je comprends que ce silence, il ne l'a jamais quitté.

Adolescent, Philippe était ce que les professeurs appelaient "un modèle de réussite". Il terminait toujours premier de sa classe, ses copies étaient impeccables, et il maîtrisait chaque matière comme si c'était une évidence. Il avait une capacité naturelle à comprendre les concepts les plus complexes. Mais là où il excellait dans les chiffres et les mécanismes, il échouait dans les relations humaines. Philippe était brillant. Mais il était seul. Pas parce qu'il voulait l'être, mais parce qu'il ne savait pas comment être autre chose. Les autres adolescents le trouvaient bizarre, trop sérieux, trop distant. Ils se retrouvaient en groupe, formaient des amitiés, tandis que Philippe restait isolé avec ses livres.

Il les observait parfois avec une envie qu'il n'aurait jamais avouée. Mais il avait déjà appris sa leçon : tenter de s'intégrer ne menait qu'à l'humiliation. Dans la tranquillité de ses journées, il trouvait du réconfort ailleurs. Les machines, les rouages, les engrenages, tout cela faisait sens pour lui. Contrairement aux humains, les mécanismes étaient prévisibles. Chaque pièce avait une fonction, chaque mouvement, une raison. Dans sa chambre, il passait des heures à démonter et remonter des objets : une radio, une vieille horloge, une lampe cassée.

Il pouvait oublier le temps lorsqu'il travaillait sur une machine. Là, au moins, il avait l'impression de contrôler quelque chose. Un jour, il avait présenté fièrement une lampe qu'il avait réparée à son père.

— Elle remarche ? avait demandé celui-ci sans lever les yeux de son journal.

— Oui, répondit Philippe, un mélange de fierté et d'espoir dans la voix.

— Bien, avait simplement répondu son père avant de tourner la page.

Philippe s'était raidi. Ce "bien", vide de toute émotion, avait suffi à éteindre sa fierté. Il avait posé la lampe sur le bureau et était retourné à ses outils. Il est inutile de chercher une approbation qui ne viendra pas. Je le revois adolescent, perdu dans ses tentatives d'être quelqu'un, mais toujours ramené à ses propres limites. Il aurait voulu appartenir, mais il ne savait pas comment. Alors, il avait choisi la seule chose qu'il savait faire : se taire, se concentrer, et avancer.

Il a appris à vivre comme cela. C'était sa façon de se protéger. Mais ce mutisme est devenu une prison.

Puis il y avait eu Marie.

Elle était arrivée dans la vie de Philippe comme une lumière inattendue, dissipant les ombres qu'il endossait depuis l'enfance. Ils s'étaient rencontrés lors d'une fête d'amis communs, un événement auquel Philippe n'avait participé que par obligation. Il se tenait à l'écart, mal à l'aise au milieu des rires et des conversations animées, un verre d'eau à la main, lorsqu'elle l'avait approché.

— Vous êtes Philippe, c'est ça ? L'ingénieur que tout le monde admire ?

Il avait sursauté, surpris qu'on s'adresse à lui. Elle avait un sourire éclatant, des yeux qui semblaient percer sa carapace. Ce sourire, cette chaleur, l'avaient désarmé.

— Je... oui, c'est moi, avait-il balbutié, déjà gêné.

— Je m'appelle Marie, avait-elle dit en tendant la main. Vous n'avez pas l'air d'aimer les fêtes.

Il était resté muet, impuissant. Elle avait ri doucement, un rire qui n'était ni moqueur ni condescendant. Juste sincère. Marie avait ce don rare de mettre les gens à l'aise. Avec elle, Philippe s'était senti vu pour la première fois. Pas pour ses résultats, pas pour ses compétences, mais pour ce qu'il était, au-delà des silences et des maladresses. Elle ne lui demandait pas de parler plus, de se montrer différent. Elle l'acceptait tel qu'il était.

Ils s'étaient mariés quelques mois plus tard, portés par un amour simple mais profond.

Marie était tout ce que Philippe n'était pas : spontanée, joyeuse, ouverte aux autres. Elle lui avait appris à sourire, à baisser la garde, à croire qu'il pouvait être aimé.

C'était peut-être la première fois qu'il avait l'impression d'être suffisant. Avec elle, il n'avait pas besoin de prouver quoi que ce soit.

Leur vie ensemble était tendre, rythmée par des moments simples. Marie adorait cuisiner, et Philippe, bien qu'il ne soit pas doué, aimait l'aider, juste pour passer du temps avec elle. Les soirs d'été, ils s'installaient sur le balcon, partageant un verre de vin et des anecdotes de la journée. Elle parlait beaucoup, et lui écoutait, un sourire discret sur les lèvres.

Mais le bonheur ne dure jamais assez longtemps. Un jour, tout s'était arrêté. L'accident. Une route mouillée, une voiture qui dérape. Et soudain, Marie n'était plus là.

Philippe n'avait pas pleuré. Pas devant les autres, en tout cas. Lors des funérailles, il était resté droit, le visage fermé, recevant les condoléances avec des hochements de tête. Mais à l'intérieur, il était dévasté. Les jours suivants, il avait essayé de reprendre sa routine. Il s'était jeté dans le travail, réparant, calculant, construisant, comme si chaque machine qu'il réparait pouvait combler le vide en lui. Mais rien n'y faisait.

Une nuit, il s'était assis sur leur balcon, seul. La chaise de Marie, vide, semblait le narguer. Il avait contemplé le ciel étoilé, celui qu'elle aimait tant, et pour la première fois depuis l'accident, il avait laissé les larmes couler.

Je vois cet homme, assis dans l'obscurité, incapable de dire adieu. Ce n'était pas dans sa nature. Il ne savait pas lâcher prise, pas même sur son chagrin.

Marie avait été sa lumière. Sa perte avait éteint tout ce qu'il avait appris à ressentir. Et dans ce vide, il avait cherché un refuge.

Ce refuge, il allait le trouver ailleurs, auprès de mes parents. Après la mort de Marie, Philippe s'était retrouvé face à un vide qu'il ne savait pas combler.

Sa maison, bien ordonnée mais silencieuse, ne lui offrait aucun réconfort. Le quotidien lui semblait dépourvu de sens, chaque jour se confondant avec le précédent. C'est à ce moment-là qu'il s'était rapproché de mes parents, Évelyne et Dan.

Ils vivaient juste à côté, et leur accueil avait été à la fois simple et naturel.

Une conversation autour d'une clôture, une invitation à dîner, une offre d'aide pour réparer un outil défectueux : autant de petits gestes qui l'avaient peu à peu ancré dans leur univers.

Dan, toujours sociable et bienveillant, appréciait l'esprit pratique de Philippe. Ils travaillaient souvent ensemble sur des projets : des réparations dans le jardin, des ajustements dans la maison. Ces moments simples offraient à Philippe une distraction bienvenue.

Évelyne, quant à elle, voyait en lui quelque chose que les autres ne percevaient pas : une fragilité cachée sous une façade rigide. Elle ne posait pas de questions inutiles, mais son écoute attentive offrait à Philippe une forme de répit.

Je comprends maintenant à quel point ils ont été essentiels pour lui. Ils lui donnaient l'impression d'appartenir à quelque chose, même si ce n'était pas vraiment sa place.

Au fil du temps, une relation particulière s'était développée entre Philippe et ma mère. Ce n'était pas prémédité, mais leur complicité dépassait l'amitié. Philippe admirait Évelyne pour sa capacité à gérer chaque situation avec calme, pour son intelligence et sa tendresse. Avec elle, il se sentait compris, ce qu'il n'avait jamais ressenti auparavant.

Un soir, alors qu'ils discutaient tard dans la cuisine après un dîner, Philippe lui avait confié :

— Vous avez une force que je n'ai jamais vue chez personne. Évelyne, surprise, avait répondu avec un sourire :

— Je ne suis pas si forte, vous savez.

Philippe cherchait ses mots.

— Pas de la façon dont vous le pensez. Vous voyez les gens comme ils sont vraiment. Moi... je n'ai jamais su faire ça.

Ces échanges devinrent une habitude. Chaque conversation les rapprochait un peu plus, créant un lien qu'ils savaient tous les deux dangereux mais inévitable. Ce lien évolua en une relation discrète, presque secrète. Ils ne voulaient pas blesser Dan ni mettre en danger ce qu'ils avaient construit.

Pourtant, pour Philippe, ces moments volés étaient tout ce qu'il avait. Quand ma mère a perdu les jumeaux, son comportement avec Philippe changea.

Bien qu'elle éprouvât encore des sentiments pour lui, elle adoptait désormais une attitude plus distante et consacrait la majorité de son temps à ses filles. Le jour où elle a appris qu'elle était enceinte de moi, tout était clair dans son esprit. Il fallait que tout cela cesse, mais elle espérait que mon père Dan ne découvre jamais pour Mel et moi.

— Philippe, je ne peux pas continuer, avait-elle dit un soir, les yeux baissés. Il faut que tous ces mensonges cessent, pour Dan, pour mes enfants.

Il restait sans parler, se contentant d'incliner la tête. Il savait qu'elle avait raison, mais cela n'atténuait pas la douleur. Ce soir-là, il avait traversé la rue pour rentrer chez lui, le cœur lourd. Mais il n'était pas parti. Il ne pouvait pas. Philippe continua à faire partie de notre vie. Il restait un voisin attentif, un ami pour Dan, un soutien discret pour Évelyne. Il trouvait une forme de consolation dans cette proximité, même si elle était limitée.

Il me voyait grandir, observait de loin mes interactions avec mes parents, et parfois, je croisais son regard. Je ne comprenais pas pourquoi il semblait si investi dans notre famille.

Mais aujourd'hui, je constate qu'il cherchait à combler un manque en lui en restant proche de nous. Philippe voulait être plus qu'un voisin, mais il ne savait pas comment. Il s'efforçait de trouver une place dans un monde auquel il ne pouvait jamais vraiment appartenir.

Philippe avait toujours cherché à se rapprocher de moi, mais ses tentatives étaient maladroites, parfois même dérangeantes.

J'interprétais ses gestes comme une forme d'intrusion, alors qu'au fond, ils étaient probablement le reflet de ses regrets et de son besoin d'appartenir à quelque chose. Il essayait de m'aider dans mes devoirs, de m'expliquer des concepts que je ne comprenais guère. Il me donnait des livres liés à la science ou à la mécanique, probablement pour partager ses centres d'intérêt. Mais moi, je ne voulais pas de ça.

J'avais déjà un père, Dan, et je voyais en Philippe une présence inutile, une ombre qui n'avait pas sa place. Avec le recul, je vois maintenant que Philippe essayait simplement d'exister dans ma vie. Un jour, il m'avait offert un livre sur l'astronomie.

— C'est fascinant, tu verras, avait-il dit avec un sourire hésitant. J'avais accepté le livre, par politesse, mais je ne l'avais jamais ouvert. Il était resté sur une étagère, couvert de poussière. Je me souviens aussi de cette fois où il avait tenté de m'aider à construire un modèle réduit d'avion. Il s'était assis à côté de moi, expliquant patiemment chaque étape. Mais sa précision et sa minutie m'avaient agacé.

— Laisse-moi faire ! avais-je fini par dire, exaspéré. Il avait reculé, les mains levées en signe de reddition.

— D'accord, c'est ton projet, avait-il répondu, d'une voix calme. À l'époque, je n'avais pas vu la tristesse dans ses yeux, ce mélange de déception et de résignation. Aujourd'hui, je comprends qu'il espérait simplement créer un lien, mais qu'il ne savait pas comment.

Philippe observait souvent mes interactions avec mon père. Il voyait nos discussions, nos rires, nos moments partagés, et je sais maintenant qu'il en souffrait.

Pas parce qu'il haïssait mon père – il l'admirait même – mais parce qu'il voulait être à cette place. Il ne s'agissait pas d'une jalousie intense, mais plutôt d'un sentiment de regret, comme celui de quelqu'un observant de loin ce qu'il aurait souhaité posséder. Je me souviens d'un jour où avec un copain, nous jouions à un jeu de société dans le salon.

Philippe était venu déposer un outil qu'il avait emprunté, mais il était resté à la porte, silencieux, nous observant un instant avant de partir. Philippe voulait simplement être un père, mais je ne l'ai jamais perçu comme tel. Pour moi, il n'était qu'un voisin, un homme étrange qui cherchait trop à se mêler de ma vie. À chaque fois qu'il tendait la main, je la repoussais, sans comprendre ce que cela représentait pour lui. Peut-être qu'avec le temps, j'aurais pu lui donner une chance. Mais nous n'avons jamais eu ce temps. Et je ne saurai jamais si les choses auraient pu être différentes. Philippe avait décidé de tout dire ce jour-là. Pourquoi maintenant ? Je ne le saurai jamais vraiment. Peut-être qu'il pensait qu'il n'avait plus rien à perdre, ou peut-être que le poids de ce qu'il portait depuis des années était devenu insupportable.

Ses mains avaient tremblé ce jour-là, et pour la première fois, je voyais une faiblesse en lui que je n'avais jamais remarquée. C'est alors que tout a changé. Ce n'était pas prémédité. Ce n'était pas une décision. Un moment de colère après des années de frustrations.

Il y avait une barre de fer posée contre le mur, là où je bricolais. Philippe l'a prise. Pas pour m'effrayer, pas pour me faire peur. C'était instinctif, comme si son corps réagissait à une peine qu'il ne pouvait plus contenir.

Le coup est venu, rapide et inattendu. Pas une agression, mais un geste incontrôlé. Je me souviens du bruit, du choc.

Et ensuite, plus rien. Un silence si lourd qu'il semblait remplir tout l'espace autour de nous. Philippe s'était arrêté net, la barre encore dans sa main. Son visage était livide, ses yeux écarquillés. Il avait compris, instantanément, ce qu'il avait fait.

Il avait lâché la barre, qui était tombée au sol avec un bruit sourd. Je le revois encore, debout, incapable de bouger, incapable de parler. Ce n'était pas de la colère. Ce n'était pas de la haine. C'était... du désespoir. Une perte totale de contrôle face à une souffrance qu'il portait depuis trop longtemps. Il n'avait pas fui. Il n'avait pas crié. Il était resté là, comme si le monde entier s'était arrêté avec ce geste. Ce jour-là, tout ce qu'il avait essayé de construire s'est effondré. Pas seulement entre nous, mais aussi dans sa propre perception de lui-même. Philippe n'était pas un homme violent, mais il avait commis l'irréparable. Et je pense qu'à cet instant, il savait qu'il avait tout perdu. Il voulait que je le voie différemment. Mais à cet instant, il n'était plus qu'un étranger. Je n'étais plus qu'un fils détruit. Philippe restait assis, cloué là, comme si le temps n'avait plus d'importance.

Loin du tumulte des événements récents, il se retrouvait enfin seul avec lui-même.

Mais ce face-à-face avec ses pensées, ses choix, et surtout ses échecs, était bien plus difficile que ce qu'il avait imaginé. Il ferma les yeux, espérant un instant de répit, mais les images revenaient sans cesse.

C'était comme si sa vie entière défilait devant lui, non pas pour le juger, mais pour lui rappeler tout ce qu'il avait perdu.

Il revoyait son père, cet homme austère qui avait marqué sa vie bien plus qu'il ne voulait l'admettre. Il entendait encore ses mots, ces phrases tranchantes qui résonnaient comme des ordres :

"Tu dois être meilleur, Philippe. Toujours meilleur."

Philippe ressentait constamment la pression de ne jamais répondre aux attentes. Il n'avait pas voulu devenir comme son père, mais il avait suivi les mêmes schémas. Puis, l'image de Marie lui apparut. Elle était là, lumineuse, comme dans ces instants où elle le poussait à sortir de sa coquille, à vivre pleinement. Elle lui avait offert quelque chose de précieux, mais il n'avait pas su le préserver. Quand elle était partie, tout s'était effondré. Et enfin, il voyait Évelyne, avec son sourire calme et ses yeux qui semblaient toujours deviner ce qu'il taisait. Elle avait été son soutien, un moment de sérénité dans une mer de solitude. Mais il l'avait perdue aussi, parce qu'il n'avait pas su se contenter de ce qu'elle pouvait offrir. "Je n'ai jamais su garder ce qui comptait. Tout ce que j'ai touché, je l'ai abîmé."

Mais plus que tout, c'était moi qui hantais ses pensées. Ce fils qu'il n'avait jamais vraiment eu, mais qu'il avait voulu aimer à sa façon.

Il se souvenait de chaque tentative de créer un lien, ainsi que de chaque échec.

Il revoyait mon visage, plein de colère et de rejet, ce jour où il avait tenté de me dire la vérité. Ces mots que j'avais prononcés : "Tu n'es rien pour moi." Ils tournaient en boucle dans son esprit, comme une condamnation qu'il ne pouvait éviter.

Philippe savait qu'il avait tout détruit. Il n'avait jamais été un père, même s'il l'avait voulu. Et ce geste, cet instant où il avait perdu le contrôle, avait anéanti à jamais la possibilité de réparer quoi que ce soit.

"Je voulais qu'il me voie autrement. Mais tout ce qu'il a vu, c'est un étranger. Et il avait raison."

Pourtant, malgré tout, une pensée subsistait, fragile mais tenace. Peut-être que son aveu, même tardif, m'aiderait. Peut-être que, maintenant que je savais tout, je pourrais trouver un apaisement que Philippe, lui, n'avait jamais trouvé.

— J'espère que tu seras libre, Pierre. Libre de ce que j'ai été, et de ce que je n'ai pas su être.

Je le vois maintenant différemment. Pas comme l'homme maladroit qui cherchait à entrer dans ma vie, mais comme un être humain brisé. Philippe n'a jamais été un monstre. C'était quelqu'un qui portait ses propres blessures, et qui, incapable de les surmonter, a fini par blesser les autres. Je ne pardonne pas ce qu'il a fait. Mais je comprends. Et parfois, comprendre suffit pour avancer.

Chapitre 25 : La Dernière Communication

La maison était plongée dans un calme inhabituel. Le retour de Lou et Line s'était fait sans bruit, mais quelque chose avait changé. Ce n'était plus ce vide pesant auquel j'avais fini par m'habituer. Non, cette fois, c'était une tranquillité différente, presque apaisante, comme l'air après un orage longtemps attendu. Une atmosphère où l'on pouvait enfin respirer sans que le poids des non-dits n'écrase chaque inspiration.

Je les observais, chacune perdue dans ses pensées. Lou avait parlé. Les secrets, aussi lourds soient-ils, avaient été dévoilés, et je voyais dans son attitude une certaine légèreté. Elle semblait avoir déposé un fardeau qu'elle portait depuis trop longtemps. Line, quant à elle, semblait absorbée par ce qu'elle venait d'apprendre. Ses gestes, lents et hésitants, révélaient son besoin de digérer tout cela. Je les suivais, de la cuisine au salon, attentif à ces signes que seuls les morts semblent percevoir. Une tension persistait, bien sûr. Les cicatrices ne disparaissent pas en un instant.

Mais il y avait, dans leurs échanges furtifs, dans le ton de leurs voix, une ouverture nouvelle. Une porte que je n'aurais jamais cru voir s'entrouvrir. Je pensais à mes enfants.

Tim et Léna n'étaient pas présents lors de cette révélation. Mais je savais que Lou et Line trouveraient les mots pour eux.

C'était leur rôle, désormais. Je ne pouvais plus être celui qui guide, qui explique. Line s'assit sur le canapé, perdu dans des horizons invisibles, ses doigts jouant machinalement avec le bracelet que je lui avais offert pour nos cinq ans. Lou la rejoignit, s'installant à côté d'elle sans un mot, respectant ce moment de recueillement intime.

Je remarquai qu'elle relâchait ses épaules, signe qu'elle laissait enfin partir une tension accumulée depuis longtemps, comme un nœud qui se défait après des jours de contrainte. "Elles vont avancer," pensai-je. Cette certitude s'installait doucement en moi. Je laissai mon regard parcourir la maison, cette coquille familière que nous avions remplie ensemble au fil des années. Les objets qui m'entouraient depuis toujours – ce vase ébréché que Line n'avait jamais voulu jeter, cette étagère bancale que j'avais promis de réparer, ces photos aux cadres dépareillés – paraissaient soudain moins importants. Ce n'étaient que des témoins muets, des vestiges d'une vie qui continuait sa course sans moi. Ce qui comptait vraiment, c'était ce qu'ils représentaient : des souvenirs, oui, mais surtout des fragments de ce que nous avions vécu ensemble, des éclats d'existence qui brilleraient encore longtemps après mon départ. Et c'est là que je compris.

Ce n'était pas mon souvenir qu'ils devaient conserver, mais l'amour et la force que nous avions partagés.

Ce que je leur avais transmis de mon vivant était suffisant. Ils n'avaient pas besoin de ma présence.

Je pensai à Tim, à sa colère qui diminuait peu à peu, laissant place à une réflexion plus mature. Je pensais à Léna, avec sa sensibilité profonde. Ces deux-là étaient différents, mais ils portaient en eux une même lumière. Et Line… Line avait toujours été celle qui donnait un sens à nos vies.

Et Lou… Lou avait pris un rôle que je ne pouvais assumer. Elle était devenue ce pilier, ce pont entre les vivants et moi. Je lui devais tout. Une pensée s'imposa alors : que vais-je devenir ? C'était étrange. Je n'avais plus peur. Pendant des semaines, j'avais ressenti cette angoisse tenace, cette terreur face à l'inconnu. Mais aujourd'hui, tout semblait clair. Ils vont bien. Ils iront bien. Le poids que j'avais porté depuis ma mort, cette inquiétude constante, s'évanouissait peu à peu. Et pour la première fois, je me demandai : et si c'était ça, la paix ?

La maison s'éteignait peu à peu. Lou monta les escaliers la première, jetant un dernier regard à Line avant de disparaître dans le couloir. Line la suivit, plus lente, comme si chaque marche demandait un effort qu'elle n'était pas prête à faire. Tim et Léna, déjà en pyjama, avaient regagné leurs chambres plus tôt, laissant derrière eux le murmure discret de leurs conversations. Je ressentais une harmonie fragile, mais réelle, comme les premières notes d'une mélodie longtemps oubliée. La maison semblait enfin respirer, ses murs portant l'écho de nos rires passés et la promesse de ceux à venir.

Les tensions accumulées au fil des jours commençaient à s'effacer, laissant place à une sérénité nouvelle, un équilibre précaire mais prometteur.

Line ferma la porte de sa chambre, et le bruit résonna comme un signal. Chacun était maintenant dans son intimité, avec ses pensées et ses émotions.

Je les suivis un à un dans leurs retraites nocturnes, attentif à ces petits gestes révélateurs. Tim éteignit sa lampe de chevet d'un geste brusque, mais sa respiration, que j'entendais de l'autre côté de la porte, était calme. Léna, blottie dans ses draps, dit quelque chose d'indistinct avant de sombrer dans le sommeil.

Enfin, Lou s'assit sur son lit, les épaules basses, son visage marqué par la fatigue des batailles intérieures. Ses traits, habituellement si déterminés, semblaient adoucis par une forme de compréhension nouvelle. Elle resta immobile un long moment, contemplant ses mains qui avaient porté tant de vérités difficiles ces derniers temps. Puis elle s'allongea, tirant les draps jusqu'à son menton comme pour se protéger d'un froid invisible, ce frisson que l'on ressent parfois quand une page importante de notre vie se tourne définitivement.

La maison plongea dans l'obscurité totale. Pourtant, quelque chose flottait encore dans l'air. Une énergie que je ne pouvais nommer, mais qui semblait m'appeler. La lumière surgit, douce et enveloppante. C'était un espace hors du temps, détaché du monde, et pourtant étrangement familier. L'air semblait chargé de souvenirs et d'émotions, comme si tout ce qui avait compté pour nous se condensait dans ce lieu. Line, Lou, Tim et Léna étaient là.

Chacun semblait surpris de se retrouver dans cet endroit, mais aucun mot n'était prononcé.

Ils échangèrent des regards, puis observèrent autour d'eux, leurs expressions oscillantes entre confusion et émerveillement.

Dans le rêve, la maison brillait d'une lumière diffuse, comme si chaque pierre avait été polie par l'amour et chaque recoin illuminé par des souvenirs heureux. Les couleurs étaient plus vives qu'elles ne l'avaient jamais été dans la réalité, les contours à la fois nets et fluides, comme dans ces peintures où l'artiste capture l'essence des choses plutôt que leur simple apparence. Sur la table de la cuisine, les dessins de Léna aux couleurs vibrantes, les cahiers de Tim remplis de son écriture soigneuse et les vieux livres de Line aux pages cornées étaient soigneusement rangés.

Tout était à sa place, parfaitement organisé dans une harmonie impossible à atteindre dans le monde éveillé, un écho de la vie que nous avions construite ensemble, mais sublimée, purifiée de ses imperfections et de ses douleurs.

J'étais là, dans chaque détail, chaque ombre, chaque rayon de lumière, et je savais qu'ils le ressentaient tous. C'est alors que j'apparus. Je m'approchai lentement, ma silhouette devenant plus nette dans ce décor irréel. Ils s'arrêtèrent en me voyant, comme s'ils hésitaient à croire ce qu'ils voyaient.

Léna fut la première à bouger. Elle courut vers moi, les bras tendus, et bien que je ne puisse réellement la toucher, j'ouvris les bras pour l'accueillir.

— Papa ! lança-t-elle, sa voix émue.

Tim restait en retrait, ses poings serrés, l'air attentif.

Ses yeux brillaient d'émotion, mais il ne bougea pas, comme s'il craignait qu'un mouvement ne brise la magie de ce moment.

Line porta une main à sa bouche, les larmes montant à ses yeux. Elle était figée et muette.

Lou, elle, me fixait intensément, comprenant instinctivement que ce moment n'était pas ordinaire. Je me tournai vers eux, chacun à leur manière si importante, si unique.

— Vous êtes tous là, dis-je. C'est tout ce que j'ai toujours voulu. Ils restèrent silencieux, mais je pouvais sentir leurs cœurs s'ouvrir, prêts à accueillir ce dernier moment ensemble. Je m'agenouillai devant Léna, qui m'admirait avec ses grands yeux pleins d'étoiles.

— Léna, ma petite artiste, tu as le pouvoir de changer les choses. Ce que tu ressens, ce que tu crées, c'est précieux. Garde toujours cela en toi.

Je fis apparaître une gomme dans ma main. Une gomme simple, mais qui brillait dans cette lumière irréelle.

— Prends ceci, dis-je doucement. Avec cette gomme, tu peux effacer ce qui te fait peur. Les ombres n'ont de pouvoir que si on les laisse grandir.

Elle prit la gomme avec précaution, comme si elle tenait un trésor. Je me relevai et me tournai vers Tim, toujours en retrait.

— Tim, approche-toi.

Il hésita, puis fit un pas en avant, son visage grave, mais ses yeux ne quittant pas les miens.

— Je sais que tu es en colère. Que tu cherches des réponses. Mais je veux que tu saches que je suis fier de toi, et que tu as tout ce qu'il faut pour avancer.

Il hocha lentement la tête, ses poings se desserrant.

Line s'avança enfin, ses larmes coulant librement.

— Pierre… commença-t-elle, mais aucun autre mot ne vint.

Je plaçai mes mains sur ses épaules, la regardant attentivement.

— Tu as toujours été ma lumière, Line. Continue de l'être, pour toi, pour eux.

Je me tournai enfin vers Lou, qui observait la scène avec une gravité silencieuse.

— Lou, tu es celle qui a tout déclenché. Celle qui m'a donné la force de libérer ma famille. Merci pour ton courage. Tu es plus forte que tu ne le penses.

Elle inclina la tête, les lèvres tremblantes, mais elle ne pleura pas. Je rassemblai tout le monde autour de moi, mes bras s'étendant pour les réunir une dernière fois.

— Vous êtes ma vie. Vous êtes ma paix. Soyez heureux, ensemble.

La lumière autour de nous devint plus intense, et je sentis une force m'attirer en arrière. Je savais que c'était le moment.

— Papa, reste ! s'écria Léna, mais sa voix semblait déjà lointaine.

— Je vous aime, dis-je une dernière fois avant d'être enveloppé par la lumière.

La clarté m'entoura, douce et apaisante comme une caresse longtemps attendue. Ils s'éloignaient, leurs silhouettes se fondant dans le décor lumineux comme des ombres inversées, devenant lumière plutôt que ténèbres. Pourtant, leur présence restait ancrée en moi, indélébile comme une empreinte dans l'argile fraîche. Je pouvais encore percevoir l'intensité de leurs yeux, l'affection dans leurs paroles, la sérénité de notre dernier moment ensemble. Chaque pas que je faisais dans ce tunnel lumineux me rapprochait d'une paix que je n'avais jamais imaginée, comme si je marchais sur un chemin fait de nuages et d'aurores. L'air autour de moi vibrait d'une énergie bienveillante, presque tangible.

Toutes les inquiétudes, toutes les peurs, toutes les douleurs qui m'avaient accompagné s'évanouissaient comme des ombres sous le soleil de midi. C'était comme si chaque fragment de mon existence – les joies comme les peines, les réussites comme les échecs – trouvait enfin sa place dans une mosaïque parfaite, un tableau qui racontait l'histoire de ma vie avec une cohérence que je n'avais jamais perçue auparavant.

Au bout du chemin, une forme familière apparut. Ma mère. Son sourire, tendre et rassurant, illumina l'espace autour d'elle. J'avançai vers elle, mes pas devenant plus légers à mesure que je m'approchais.

— Pierre, dit-elle simplement.

Ses bras s'ouvrirent, et je me laissai envelopper par cette chaleur maternelle que je n'avais plus ressentie depuis si longtemps.

— Ils vont bien, ajouta-t-elle avec douceur. Tu leur as donné tout ce qu'il fallait pour avancer.

Deux silhouettes émergèrent à ses côtés. Je m'arrêtai, surpris mais étrangement certain.

— Alors… c'est vous ?

Ils ne répondirent pas par des mots, mais leurs présences suffirent. Ces hommes, mes frères, que je n'avais jamais rencontrés, me saluèrent avec une affection silencieuse. L'un d'eux posa une main sur mon épaule.

— Bienvenue, Pierre, dit-il, et cette phrase suffit à effacer toutes les distances du passé.

Je n'étais plus seul. En me retournant une dernière fois, je les vis encore : Line, Lou, Tim et Léna, réunis dans ce lieu lumineux. Leurs visages étaient empreints d'une paix nouvelle, comme si une brise avait balayé les dernières traces de chagrin. Je savais qu'ils allaient bien, qu'ils trouveraient leur chemin dans le labyrinthe des jours à venir. Ils allaient avancer, je n'en doutais plus. Ma femme trouverait un équilibre, un nouveau souffle, peut-être même un jour une nouvelle forme de bonheur que je lui souhaitais de tout mon être. Mes enfants, malgré leurs blessures et leurs questions, porteraient en eux des bribes de ce que j'étais, comme des graines qui germent longtemps après avoir été plantées.

Peut-être qu'un jour, Tim jouerait les mêmes mélodies pour ses propres enfants et leur parlerait de moi, les yeux brillants de fierté plutôt que de larmes.

Peut-être que Léna, devenue adulte, ses talents artistiques épanouis, raconterait cette histoire étrange, ce mélange de douleur et d'espoir, en traçant des lignes colorées sur une toile blanche, en souriant doucement aux fantômes apaisés de son passé. J'allais disparaître de leur monde tangible, mais ils allaient continuer à me faire vivre à travers leurs souvenirs, leurs récits, et ces petits gestes inconscients qu'ils avaient hérités de moi.

"Merci. Soyez heureux."

Et puis tout s'effaça. Le soleil perçait à travers les rideaux, baignant la maison d'une lumière claire. Lou ouvrit les yeux, son cœur battant encore au rythme des émotions du rêve. Elle resta allongée un instant, essayant de retenir chaque fragment de cette expérience. Ce n'était pas un rêve ordinaire, elle le savait. Elle descendit dans le salon, où Line se tenait près de la fenêtre, une tasse fumante entre les mains, son profil se découpant dans la lumière matinale.

Elle semblait différente, comme si le poids qui courbait ses épaules depuis des semaines s'était allégé pendant la nuit. Lou s'approcha, hésitante, chaque pas mesuré comme si elle marchait sur un pont fragile.

— Line… J'ai rêvé de Pierre cette nuit, dit-elle, sa voix plus assurée qu'elle ne l'aurait imaginé.

Line tourna la tête et leurs yeux se rencontrèrent.

— Moi aussi, répondit-elle simplement, avec une sincérité qui fit trembler Lou.

Elles restèrent silencieuses, mais tout était dit. Léna apparut à son tour, tenant son livret de dessin.

Elle s'assit à table et ouvrit doucement les pages, ses gestes précis et calmes. Sans un mot, elle effaça lentement les ombres autour de la maison qu'elle avait dessinée. Puis, elle ajouta un sourire à la silhouette qui surplombait le tout. Tim entra dans la pièce, observant Léna à distance. Il s'approcha d'elle, mais au lieu de poser une main sur son épaule, il s'installa simplement à ses côtés.

— Tu as presque fini ? demanda-t-il avec douceur.

Léna releva la tête, ses yeux brillants, et répondit avec un sourire. Lou et Line les observaient, émues, mais sans chercher à intervenir. C'était leur moment, à eux deux.

Dehors, un vent faisait danser les branches des arbres. Lou ouvrit doucement la porte et sortit sur le pas de la maison. Elle leva les yeux vers le ciel dégagé et respira profondément. "Merci, Pierre."

La brise sembla s'intensifier, comme une réponse silencieuse. Et dans ce moment suspendu, Lou sut que Pierre était parti, mais qu'il resterait là, dans leurs souvenirs, dans leurs gestes, dans leur lumière.

Chapitre 26 : Un Nouveau Commencement

Le temps a poursuivi son cours, dissipant peu à peu les ombres qui pesaient sur la maison. Line a recommencé à organiser des soirées entre amies, des moments simples mais essentiels, où la vie reprend ses droits. Elle sort davantage, redécouvre ce goût du partage qu'elle croyait perdu. Ses séances de gym avec Sophie sont redevenues un rendez-vous régulier, un instant privilégié où l'effort se mêle aux confidences.

Tim, lui, a renoué avec le piano. Ses doigts, d'abord maladroits, ont vite retrouvé leur agilité, comme si ce talent n'avait jamais sommeillé. L'idée d'une école spécialisée fait son chemin, et Line l'encourage sans pression, consciente que la musique est son langage.

Léna grandit avec cette vivacité qui la caractérise. Dans quelques mois, elle découvrira le collège, impatiente d'explorer de nouveaux horizons, de nouer des amitiés inédites.

Chacun avance à son rythme, guérissant des blessures laissées par le passé. Aujourd'hui, pourtant, est un jour spécial. Lou quitte la maison pour reprendre ses études là où elle les avait laissées…

Le matin scintillait, presque apaisant. Une clarté généreuse traversait les fenêtres, enveloppant la maison d'une atmosphère familière. Tout paraissait serein, comme si les murs voulaient offrir à Lou un ultime souvenir avant son départ.

Cette quiétude cachait pourtant une sensation indéfinissable, un mélange de mélancolie et d'attente que personne n'osait formuler. Lou parcourait le couloir, l'esprit rempli de ce qu'elle avait vécu entre ces murs. Cette demeure, ces personnes, ces épreuves partagées avaient transformé quelque chose en elle. Le départ s'annonçait plus difficile qu'elle ne l'avait imaginé.

Dans le salon, les enfants étaient déjà réveillés. Tim et Léna jouaient calmement avec quelques jeux de société, mais leur cœur n'y était pas. Ils savaient que leur cousine, devenue importante pour eux, partirait aujourd'hui. Léna regardait souvent en direction du couloir, espérant peut-être que Lou viendrait s'asseoir à côté d'elle pour prolonger un peu ce moment.

Dans la cuisine, Line préparait un petit-déjeuner particulier. Elle avait déterré une recette de crêpes qu'elle confectionnait du temps de Pierre. Le tintement des ustensiles, le murmure du café s'écoulant éveillaient des souvenirs qu'elle tentait de contenir. Lou entra dans la cuisine et trouva Line debout devant la plaque de cuisson, une spatule à la main.

L'odeur sucrée des crêpes remplissait la pièce, et un sourire nostalgique se dessina sur son visage.

— Tu fais des crêpes ? demanda Lou avec surprise.

Line se retourna, un sourire doux sur les lèvres.

— Oui, je me suis dit que ce serait une bonne façon de marquer ta dernière matinée ici. Pierre adorait ça, et je me suis dit que... ça ferait du bien à tout le monde.

Lou hocha la tête, touchée par cette attention. Elle s'approcha pour aider, prenant un bol et commençant à battre la pâte restante. Les deux femmes travaillèrent pendant un moment, seul le bruit de la spatule raclant la poêle se faisait entendre. Après quelques minutes, Line rompit le silence.

— Lou... je voulais te dire merci. Pour tout.

Lou leva les yeux, surprise.

— Pourquoi ? C'est moi qui devrais te remercier de m'avoir accueillie ici.

Line posa la spatule et se tourna complètement vers Lou.

— Non, vraiment. Tu es arrivée à un moment où tout semblait s'écrouler. Tu as pris sur toi de découvrir la vérité, même si c'était douloureux. Grâce à toi, on peut enfin commencer à se reconstruire.

Lou sentit l'émotion monter en elle. Elle posa le bol et fixa Line dans les yeux.

— Je n'ai fait que suivre mon instinct, répondit-elle. Mais vous avez été incroyablement courageux. Toi, Tim, Léna... vous avez traversé des choses que peu de gens auraient pu supporter. Pierre serait fier de vous.

Les mots de Lou touchèrent Line profondément. Elle se détourna rapidement, essuyant une larme avant de reprendre son travail.

Lou fit semblant de ne pas remarquer, mais elle sentit leur lien se renforcer davantage. Une fois le petit-déjeuner prêt, toute la famille se rassembla autour de la table. Les crêpes étaient délicieuses, et même si l'ambiance était un peu pesante, les rires commencèrent à résonner dans la pièce. Léna racontait une histoire amusante sur l'un de ses professeurs, tandis que Tim, plus réservé, se contentait de sourire.

Après le repas, Lou décida de passer un moment spécial avec les enfants. Elle les emmena dans le jardin, où le soleil hivernal réchauffait modérément l'air.

— Alors, qu'est-ce que vous voulez faire ? demanda-t-elle en s'asseyant sur un banc.

Léna bondit de joie.

— On pourrait jouer à cache-cache ! Comme avant !

Ce jeu, si simple, était devenu un rituel pour eux ces dernières semaines. Tim, bien qu'un peu plus âgé pour ces jeux d'enfants, se laissa convaincre. Pendant une heure, ils coururent, rirent, et oublièrent un moment la tristesse du départ imminent de Lou.

Après avoir joué, ils s'installèrent tous les trois dans l'herbe, les joues rougies par la fraîcheur mais le cœur léger. Léna interrompit soudain leurs rires avec une question inattendue.

— Tu penses que papa est heureux là où il est ?

Lou prit un moment avant de répondre.

— Oui, je suis sûr de ça. Je pense qu'il est en paix. Et je sais qu'il veille sur vous. Toujours.

Léna approuva de la tête, comme si ces mots l'apaisaient. Tim regarda Lou, reconnaissant. Il savait que sa cousine ne disait pas ces mots à la légère.

De retour à l'intérieur, alors que les enfants montaient dans leurs chambres, Lou trouva Line dans le salon, feuilletant un album photo. Elle s'assit à côté d'elle, curieuse.

— Qu'est-ce que tu regardes ? demanda Lou.

Line tourna l'album vers elle, montrant une photo d'un voyage en famille qu'ils avaient fait quand Tim et Léna étaient encore très jeunes.

— C'était en Bretagne, dit-elle avec un sourire mélancolique. Pierre avait insisté pour qu'on parte tous ensemble, malgré le désordre que c'était avec les enfants. C'était... un moment parfait. Lou observa la photo, le sourire de Pierre illuminant la scène. Elle sentit son cœur se serrer. Line referma l'album.

— Je pense qu'on a besoin de ça. D'un moment où tout s'arrête, où on peut juste être ensemble, loin de tout. Un voyage.

Lou haussa les sourcils, surprise.

— Tu veux partir en voyage ? Maintenant ?

Line secoua la tête.

— Pas maintenant. Mais bientôt. Avec tout le monde. Toi, Stéphanie, Mel, même les enfants. Une façon de se rappeler que la vie continue.

Lou sentit son cœur battre plus vite. Cette idée, si simple, représentait tellement. C'était une manière pour Line de dire qu'elle voulait avancer, qu'elle voulait construire quelque chose de nouveau pour elle et ses enfants.

— Ce serait merveilleux, répondit Lou avec un sourire sincère.

— Alors, c'est décidé. On fera ça. Ensemble.

Après avoir discuté de l'idée du voyage, Line et Lou décidèrent de préparer un repas spécial pour marquer cette dernière journée ensemble. Line, bien qu'hésitante, proposa de cuisiner une recette qu'elle n'avait pas refaite depuis des années : le gratin de pommes de terre et saumon que Pierre adorait.

— Tu es sûre ? demanda Lou, notant une pointe de nostalgie dans la voix de Line.

— Oui. C'était l'un de ses plats préférés. Et puis, je pense qu'il aurait aimé qu'on le partage aujourd'hui.

Elles se mirent au travail dans la cuisine. Lou épluchait les pommes de terre tandis que Line préparait une sauce crémeuse.

À plusieurs reprises, Line s'arrêta pour observer Lou, un sourire doux sur les lèvres.

— Tu sais, Lou, tu me rappelles beaucoup Pierre, dit-elle soudain.

Lou, surprise, leva les yeux de son couteau.

— Vraiment ? Comment ça ?

Line prit un moment pour choisir ses mots.

— Vous avez la même détermination, la même façon de toujours vouloir protéger les autres, parfois au détriment de vous-même. Et ce sourire... il avait le même quand il savait qu'il faisait quelque chose de bien pour ceux qu'il aimait.

Lou sentit l'émotion monter en elle. Elle ne répondit pas tout de suite, mais ses gestes devinrent plus doux, presque précautionneux. Une fois le gratin au four, elles préparèrent une simple salade en accompagnement, puis mirent la table ensemble. Les enfants descendirent à l'appel de Line, leurs visages éclairés par l'odeur qui flottait dans la maison.

— Ça sent trop bon ! s'exclama Léna en prenant place à table. Tim, plus réservé, s'assit en silence mais ne put s'empêcher de sourire en voyant l'effort qui avait été mis dans ce repas. Pendant le dîner, les conversations furent légères mais pleines de nostalgie. Léna raconta des souvenirs de vacances en famille, tandis que Tim évoqua les moments où Pierre lui avait appris à bricoler.

— Tu te souviens, maman ? demanda-t-il. Quand papa voulait m'apprendre à construire un nichoir, mais qu'il avait oublié de mesurer les planches ?

Line éclata de rire, ses yeux brillant de larmes.

— Oui ! Et finalement, c'est toi qui avais trouvé comment les ajuster !

Ces moments, bien qu'empreints de tristesse, apportèrent une chaleur bienvenue à la table.

Lou, qui écoutait attentivement, se permit de sourire en voyant la complicité entre eux. Après le repas, Tim demanda à Lou de le rejoindre dans le garage. Intriguée, elle le suivit.

Le garage, rempli d'outils et de vieilles planches, était l'endroit où Pierre passait le plus clair de son temps. Tim avait installé un petit établi dans un coin, où il s'entraînait à bricoler, comme son père avant lui.

— Je voulais te montrer quelque chose, dit-il en ouvrant un tiroir.

Il en sortit un petit cadre en bois, encore brut, qu'il avait visiblement fabriqué lui-même.

— C'est pour toi, dit-il en le tendant à Lou.

Lou prit le cadre avec précaution, émue par le geste. À l'intérieur, il avait glissé une photo d'eux tous, prise il y a quelques semaines, lors d'un moment de joie après une longue journée.

— Tim... il est magnifique. Merci, dit-elle, la voix tremblante.
Tim semblait gêné.

— Ce n'est pas grand-chose. Mais je voulais que tu aies quelque chose de nous.

— Il est parfait. Et je le garderai toujours près de moi.

Plus tard dans la soirée, alors que les enfants étaient montés se coucher, Lou et Line s'installèrent dans le salon avec une tasse de thé. Le calme régnait, mais il n'était pas lourd. Elles semblaient savourer ce moment de quiétude avant le départ de Lou. Line brisa finalement le silence.

— J'ai réfléchi au voyage dont je t'ai parlé, dit-elle. Je pense que ce serait une belle manière de célébrer tout ce qu'on a traversé. Mais je veux que tu sois là.

— Bien sûr, Line. Je ne manquerais ça pour rien au monde.

Line prit une gorgée de thé avant de continuer, sa voix prenant un ton différent.

— Tu sais, Lou, je ne te l'ai jamais avoué, mais au début, tu m'intimidais un peu. Non par manque d'affection, mais parce que tu évoquais tellement Pierre. Aujourd'hui, je comprends que c'était un cadeau. Tu incarnes une part de lui qui persiste parmi nous.

Lou sentit ses yeux briller d'émotion. Elle reposa sa tasse et enveloppa les mains de Line des siennes.

— Merci de me dire ça, Line. Tu ne sais pas à quel point ça compte pour moi.

Le lendemain matin, le départ de Lou était imminent. Les valises étaient prêtes, et tout le monde s'était rassemblé devant la maison pour lui dire au revoir. Léna, toujours expressive, avait du mal à cacher ses larmes.

— Promets que tu reviendras vite ! s'exclama-t-elle en serrant Lou dans ses bras.

— Je te le promets, répondit Lou en lui rendant son étreinte. Tim, conformément à sa nature, gardait le silence mais finit par s'avancer pour une brève étreinte, un geste inhabituel qui révélait beaucoup. Line, quant à elle, semblait partagée entre la tristesse et l'espoir.

— Prends soin de toi, Lou. Et souviens-toi que cette maison sera toujours la tienne, lui dit-elle.

Lou acquiesça, émue.

— Merci, Line. Je ne l'oublierai jamais.

Alors que Lou montait dans sa voiture, elle jeta un dernier regard à la maison, à sa famille, et sourit. Elle savait que ce n'était pas un adieu, mais un au revoir. Lou, dans cette histoire, avait compris l'importance du terme « famille ».

Épilogue

La maison bourdonnait d'activité. Les conversations s'enchaînaient, les rires jaillissaient à travers les pièces, et le jardin accueillait les derniers préparatifs dans une joyeuse effervescence. Les bagages s'entassaient méthodiquement près du monospace, attendant d'être rangés selon un ordre que Lou avait soigneusement planifié la veille au soir, crayon en main et liste à portée de vue. Lou se tenait près du véhicule, ajustant une valise rebelle avec l'aide de Stéphanie.

— Tu es sûre que ça va tenir ? demanda Stéphanie en lui tendant un plaid roulé.

— Avec un peu d'organisation, tout trouve sa place, répondit Lou en souriant, tout en poussant sur un sac récalcitrant.

Non loin, Mel consultait une liste manuscrite.

— Les affaires des enfants ? C'est bon ? interrogea-t-elle son mari.

— Oui, j'ai tout pris. Inutile de vérifier encore, répondit-il avec amusé.

Line, postée près de la porte, distribuait ses instructions.

— Tim, prends ce sac ! Et toi, Léna, tu as bien ton pull ?

Tim, avec un soupir théâtral, obtempéra tout en se tournant vers sa sœur.

— Tu gardes ton pull, mais je prends le siège côté fenêtre.

— Pas question ! rétorqua Léna avant de filer vers la voiture. Lou verrouilla le coffre avec satisfaction.

— Voilà, tout est prêt !

Lou recula pour contempler la scène avec satisfaction. Les éclats de voix enthousiastes, le va-et-vient incessant des petits et des grands, cette joyeuse effervescence qui semblait contaminer chaque recoin du jardin donnaient une atmosphère légère à ce départ tant attendu. Cette famille, qu'elle avait aidé à rassembler morceau par morceau comme un puzzle précieux, avançait enfin vers un horizon moins obscur, leurs cœurs plus légers qu'ils ne l'avaient été depuis des mois.

— Tout le monde à bord ! lança Mel avec entrain.

Les portières claquèrent successivement, et le monospace quitta l'allée, laissant derrière lui les difficultés passées pour s'élancer vers de nouveaux horizons. Le véhicule roulait paisiblement sur les routes campagnardes, contournant les virages avec souplesse et s'engageant parfois sur des chemins bordés de chênes centenaires dont l'ombre mouvante rafraîchissait l'habitacle.

Les conversations fusaient de toutes parts, rebondissant contre les vitres, ponctuées d'éclats de rire cristallins et d'observations spontanées sur le paysage qui défilait comme une toile impressionniste aux couleurs de l'été. Les enfants, installés à l'arrière sur leurs sièges avec vue panoramique, alternaient entre comptines apprises à l'école et chamailleries complices qui n'avaient rien de véritablement conflictuel.

— On peut mettre ma musique maintenant ? demanda Tim, avec insistance.

— Pas encore ! C'est mon tour ! répliqua Léna, l'œil malicieux. À l'avant, Mel conduisait avec assurance, partageant son attention entre la route et le GPS.

Line, assise près d'elle, contemplait le paysage défilant, son esprit vagabondant. Par moments, elle jetait un regard vers les enfants, un doux sourire illuminant son visage.

— Vous vous souvenez de nos vacances en montagne ? évoqua Stéphanie depuis le milieu.

Lou, qui suivait les échanges silencieusement, releva la tête.

— Oui ! C'était là que Pierre avait choisi cette luge bien trop imposante et s'était retrouvé piégé dans une congère !

Les rires emplirent la voiture. Tim, curieux, se pencha en avant.

— Comment s'en est-il sorti ?

— Il a fallu trois adultes pour l'extraire ! ajouta Stéphanie, secouée d'hilarité.

Les anecdotes se succédèrent, chacun y allant de sa contribution.

Même Line, habituellement réservée, participa activement, son rire se mêlant aux autres. Ces moments de légèreté semblaient effacer les mois difficiles traversés. Les enfants, gagnés par l'ambiance, entonnèrent une chanson collective, leurs voix presque plus fortes que celles des adultes.

— Ils tiennent ça de toi, remarqua Stéphanie en adressant un regard complice à Lou.

Lou répondit par un sourire.

— Et ce n'est que le début.

Au fil du trajet, le paysage se métamorphosa. Les forêts denses cédèrent la place à des prairies ouvertes, avant que l'étendue miroitante d'un lac n'apparaisse. Des montagnes se profilaient au loin, comme des sentinelles silencieuses.

— On arrive bientôt ? s'impatienta Léna.

— Oui, ma chérie, confirma Mel. Le chalet n'est plus loin. Quelques minutes plus tard, ils s'engagèrent sur un sentier bordé d'arbres et s'arrêtèrent devant une construction en bois nichée dans la verdure. Le chalet, avec sa façade rustique et son large porche, semblait les attendre.

— On est arrivés ! s'exclama Tim en bondissant hors du véhicule, suivi par sa sœur.

Les enfants se précipitèrent vers le lac, leurs exclamations résonnant dans l'air frais. Lou, Mel et Line demeurèrent un instant près de la voiture, admirant les lieux.

— C'est encore plus beau que dans mon imagination, murmura Line.

— C'est immense ! s'émerveilla Tim en courant vers la bâtisse.
— Regarde le lac ! enchaîna Léna, attirée par les reflets de l'eau. Le chalet, avec ses murs de bois patiné, évoquait une carte postale. De larges baies vitrées offraient une vue splendide sur l'étendue d'eau, entourée de collines verdoyantes et dominée par des sommets majestueux.

— Quelle bonne idée nous avons eue.

Mel arborait une expression sereine.

— C'est plus impressionnant que ce que j'imaginais, ajouta Line, captivée par le paysage.

Stéphanie descendit à son tour, ouvrant grand les bras comme pour embrasser le lieu.

— Ce chalet est parfait ! On va s'y sentir bien, affirma-t-elle avant de rejoindre les enfants au bord de l'eau.

Tandis que Tim et Léna lançaient des cailloux plats sur la surface lisse et jouaient à se poursuivre, Lou et Mel commencèrent à décharger les bagages. Line, quant à elle, inspecta rapidement l'intérieur du chalet. Un vaste salon occupait le centre, agrémenté d'une cheminée imposante et de fauteuils confortables disposés en cercle. Les murs arboraient des photos anciennes, quelques trophées de pêche, des horloges artisanales et des sculptures en bois. Line passa sa main sur une table en chêne massif, appréciant le travail d'artisan.

— On passera des soirées mémorables ici, affirma-t-elle à Lou qui venait d'entrer, portant deux sacs à dos.

Lou déposa les sacs près d'un canapé avant de s'approcher des baies vitrées qui dévoilaient le lac. Elle resta un moment-là, absorbée par la beauté du site.

— Cet endroit a une âme, dit-elle finalement, plus pour elle-même.

Après avoir exploré les abords du lac, Tim et Léna pénétrèrent dans le chalet, leurs voix résonnant contre les murs.

— On choisit nos chambres ? demanda Tim avec enthousiasme.

— À condition de ne pas vous disputer, répondit Line, amusée.

Léna trouva rapidement une petite chambre avec une fenêtre orientée vers les montagnes et s'y installa sans attendre. Tim, lui, opta pour celle proche de l'escalier, prétextant qu'elle était "plus stratégique". Pendant ce temps, Stéphanie et Mel organisaient le rangement des provisions dans la cuisine, débattant sur qui serait aux fourneaux ce premier soir.

Une fois les valises déballées et chacun installé, Lou s'éclipsa vers le lac. Assise sur un rocher au bord de l'eau, les pieds effleurant la surface fraîche qui formait des cercles concentriques à chaque contact, elle laissa son esprit errer sur les reflets mordorés du soleil couchant qui transformaient le lac en un miroir aux teintes chatoyantes. Elle inspira profondément, emplissant ses poumons de l'air pur chargé des senteurs de pin et d'herbe coupée, savourant la quiétude du lieu comme un baume sur les blessures des derniers mois.

Le chant distant d'un oiseau solitaire accompagnait ses pensées, mélodie improvisée qui semblait ponctuer le rythme de ses réflexions.

Cet endroit représentait bien plus qu'un simple refuge temporaire contre les tourments du quotidien : c'était une promesse tangible de renouveau, un pont jeté entre le passé douloureux et un avenir encore à construire, un moyen de tisser des souvenirs inédits tout en honorant ceux du passé avec la révérence qu'ils méritaient.

Le chalet, avec ses murs imprégnés d'histoires qu'ils ne connaissaient pas encore, offrait un écrin parfait pour cette famille en reconstruction, un espace neutre où chacun pourrait trouver sa place sans l'ombre constante de l'absence. Lorsque les appels enjoués des enfants et la voix mélodieuse de Stéphanie lui parvinrent depuis la terrasse du chalet, Lou se releva avec une grâce tranquille, une expression apaisée illuminant son visage. Elle était prête à profiter pleinement de ce séjour, entourée de cette famille si précieuse.

Dès l'aube suivante, le chalet s'éveilla au rythme des préparatifs pour une journée d'exploration. Après un copieux petit-déjeuner préparé par Mel et Stéphanie, tous s'équipèrent pour découvrir les environs. Chacun portait un sac contenant eau, collations et cartes dessinées par Tim et Léna. Le sentier, bordé d'arbres majestueux et de fougères, les guida à travers la forêt jusqu'à une cascade dissimulée. Léna s'extasia devant l'eau cristalline jaillissant entre les rochers, tandis que Tim cherchait les pierres idéales pour ériger un barrage rudimentaire.

— On pourrait camper ici ! proposa-t-il avec enthousiasme.

— Et servir de festin aux moustiques ? Pas sûr, plaisanta Lou avec un clin d'œil.

La randonnée se poursuivit jusqu'à une clairière ensoleillée, idéale pour une pause.

Mel déploya leur pique-nique tandis que Stéphanie partageait une histoire de jeunesse. Tim et Léna écoutaient, captivés, tout en collectionnant cailloux et feuilles. De retour au chalet, le lac devint rapidement leur terrain de jeu favori. Les enfants y passaient des heures à nager, à construire des radeaux avec branches et cordages, ou à tenter d'attraper des poissons avec des filets improvisés.

— Waouh ! J'en ai attrapé un ! s'écria Léna en montrant un petit poisson argenté, qu'elle relâcha délicatement dans l'eau.

Lou veillait depuis la berge, alternant lecture et repos. Line, souvent à ses côtés, observait les enfants avec une tranquillité retrouvée.

— Comme ils sont heureux, constata Line.

— Ils le méritent pleinement, acquiesça Lou.

Un après-midi, alors que tous récupéraient d'une longue excursion, des rires familiers annoncèrent des visiteurs. Thomas et Sophie arrivèrent chargés de cadeaux et de spécialités locales. — Impossible de manquer ça ! annonça Thomas en déposant son panier sur la table du salon.

Après les effusions des retrouvailles, Sophie révéla qu'elle attendait un enfant. Elle posa doucement sa main sur son ventre arrondi.

—Nous pensons que ce sera peut-être une fille, confia-t-elle.

Thomas, à ses côtés, lui serra tendrement la main. Une nouvelle vie, rappelant que même dans l'épreuve, l'espoir trouve toujours son chemin.

— Quelle merveilleuse nouvelle ! s'exclama Line en la serrant dans ses bras, émue.

— C'est prévu pour quand ? s'enquit Tim, toujours concret.

— Dans six mois ! révéla Sophie, rayonnante.

Les conversations animées occupèrent le reste de la journée, chacun enveloppé dans une atmosphère de renouveau. Chaque soir, la famille se réunissait autour de la grande table pour des repas simples mais chaleureux. Les discussions s'enchaînaient, mêlant plaisanteries, souvenirs et projets.

Après dîner, ils s'installaient souvent autour d'un feu de camp. Les adultes racontaient des histoires, les enfants jouaient avec des lanternes, et des marshmallows doraient lentement au bout de bâtons. Lou s'éloignait parfois, attirée par la solitude du lac. Allongée sur une couverture, elle contemplait les étoiles, retrouvant dans ce calme une sérénité longtemps perdue. Parfois, Line la rejoignait, et leurs échanges, tantôt légers tantôts profonds, se mêlaient au murmure de l'eau.

— Crois-tu qu'il nous voie ? demanda Line un soir, examinant le ciel.

— J'en suis certaine, répondit Lou. Je le sens présent, avec nous.

Ces journées précieuses passées au chalet s'inscrivirent profondément dans leurs mémoires, comme gravées dans la pierre d'un monument invisible mais indestructible.

Chaque moment, chaque émotion partagée devenait une brique dans l'édifice de leur avenir commun, solide et rassurant.

Les enfants, avec cette insouciance propre à leur âge que même les épreuves n'avaient pu totalement effacer, créaient des instants magiques qui resteraient à jamais dans leurs souvenirs : cabanes élaborées dans les arbres centenaires, batailles d'eau éclaboussant les rives du lac, éclats de rire qui se répercutaient contre les flancs des montagnes comme une musique primitive et guérisseuse. Tim retrouvait peu à peu cette étincelle qui avait toujours brillé dans ses yeux avant le drame, tandis que Léna semblait s'épanouir au contact de la nature, comme une fleur trop longtemps privée de soleil. Les adultes, progressivement libérés du poids écrasant du chagrin qui les avait courbés, puisaient dans ces instants de grâce la force nécessaire pour continuer leur chemin, pas à pas, jour après jour. Line réapprenait à sourire sans culpabilité, redécouvrant des parties d'elle-même qu'elle croyait perdues à jamais. Stéphanie et Mel, piliers discrets mais essentiels, veillaient sur cette famille recomposée avec une tendresse qui ne s'exprimait pas toujours en mots, mais en gestes, en présence constante et rassurante. Lou, témoin de cette harmonie lentement reconquise, comprit avec une clarté soudaine qu'un cap fondamental avait été franchi, une frontière invisible mais cruciale entre l'avant et l'après.

Le chalet n'était plus un simple refuge temporaire contre la tempête, mais le symbole vibrant de leur capacité collective à reconstruire, pierre par pierre, le temple effondré de leur bonheur.

Leur dernière soirée baignait dans une atmosphère douce et sereine. Autour du feu de camp, les flammes dansaient sur les visages fatigués mais heureux de chacun.

Les enfants, épuisés après une journée d'aventures, s'étaient assoupis contre leur mère, blottis contre ses épaules. Les conversations s'étaient apaisées, cédant la place à un silence bienvenu.

Lou observait la scène avec recul, une tasse de thé entre les mains. Elle se leva, déposa sa tasse et s'éloigna pour fouiller dans son sac. Ses doigts touchèrent l'enveloppe précieusement conservée. Après une brève hésitation, elle revint vers le feu. Line, qui venait de coucher les enfants, retrouvait sa place. Assise près des braises mourantes, elle fixait les flammes, songeuse, sa tasse serrée entre ses doigts. Lou s'approcha et s'installa à ses côtés. Elle sortit l'enveloppe et la tendit à sa tante, le cœur battant.

— Line, j'ai quelque chose pour toi, dit-elle doucement.

Line leva les yeux, intriguée.

— Qu'est-ce que c'est ?

— Un cadeau, expliqua Lou avec tendresse.

Pierre voulait que tu le lises.

— C'est de lui, chuchota-t-elle.

Line déplia le papier avec précaution, retenant son souffle. Les mots de Pierre s'y révélaient comme une voix venue d'un lieu qu'elle ne pouvait atteindre.

"À ceux que j'aime et qui font ma vie, Ne pleurez pas mon absence, elle n'est qu'un passage. À travers vos rires, vos gestes, vos souvenirs, Je vis encore, je veille, je vous aime."

Line respira profondément, tremblante. Ses doigts serrèrent le papier comme pour s'accrocher aux mots eux-mêmes. Elle poursuivit sa lecture :

"Tim, Léna, vous êtes ma plus grande fierté. Line, mon amour pour toi ne s'éteindra jamais. Et vous tous, qui partagez ce chemin avec moi, Avancez, souriez, et souvenez-vous... Je suis là, dans chaque instant que vous chérissez."

Des larmes silencieuses coulaient sur ses joues, mais un sourire éclairait son visage. Elle regarda Lou sans un mot.

— Merci, Lou, dit-elle enfin d'une voix émue mais reconnaissante. Ces mots... c'est comme s'il était encore parmi nous.

— Il ne nous a jamais quittés, Line. À travers toi, ses enfants, et tout ce qu'il nous a transmis, il reste présent.

Line pressa la lettre contre son cœur, ses yeux brillants d'émotion. Lou demeura silencieuse à ses côtés, laissant Line s'imprégner de chaque mot, chaque pensée laissée par son mari. C'est alors que le téléphone vibra sur la couverture près d'elles. Line tressaillit, comme arrachée à un moment suspendu. Elle s'en saisit et décrocha.

— Allô ?

— Oui Line, c'est Ellie, cela fait si longtemps...

Chapitre Bonus : L'interview

La caméra glisse d'un mouvement fluide dans le salon baigné d'une lumière de fin d'après-midi. Nous sommes chez Léna, dans l'ancienne maison familiale qu'elle a retrouvée après des années d'absence. Sur la table basse en bois patiné gît un vieux carnet de croquis d'enfant. Autour d'elles, des objets du passé veillent en silence : une horloge arrêtée, des photographies aux murs, un cheval en bois éraflé. Au milieu de ce décor chargé d'histoire, Claire Dubreuil, la journaliste, est assise en face de Léna. L'atmosphère est tamisée et accueillante, créant une ambiance calme et sereine. Dans la lumière tamisée, le visage de Léna, 35 ans, artiste renommée, apparaît calme mais habité par une émotion retenue.

Claire offre un sourire discret avant de commencer. Son ton est doux et respectueux, comme pour ne pas troubler l'équilibre fragile de la scène. Face à elle, Léna serre entre ses doigts une vieille photo de famille aux bords écornés, prise dans ce même salon il y a plus de vingt-cinq ans.

On l'y voit enfant, blottie entre son père et son frère, sous le regard bienveillant de sa mère.

Aujourd'hui, cette petite fille est devenue une femme aux œuvres sombres et poétiques, qui a tenu à nous recevoir ici, dans la maison de son enfance.

— Claire : C'est ici que vous avez grandi ?

— Léna : Oui. (Elle fait un mouvement de tête pour indiquer son accord.) Ici même. Chaque pièce de cette maison porte encore les traces de mon enfance.

La voix de Léna est calme. La caméra montre son visage alors qu'elle examine la pièce, ses yeux passant sur le canapé, la cheminée en pierre et les rayons de soleil filtrant à travers les volets. Elle inspire profondément, comme si l'air était chargé de souvenirs.

— Claire : Qu'est-ce que cela vous fait de revenir vivre ici, dans cette maison qui a appartenu à vos parents et à vos grands-parents ?

— Léna : (Elle marque un temps, cherchant ses mots.) Au début, c'était étrange… J'avais quitté cette maison à l'adolescence, avec ma mère, pour tenter d'oublier. Maman voulait fuir les fantômes du passé, refaire sa vie ailleurs. Moi, j'ai ressenti le besoin inverse des années plus tard : revenir. Racheter la maison a été ma manière de… de reconquérir mon histoire, je suppose.

En prononçant ces mots, Léna esquisse un faible sourire. Ses mains caressent la couverture du carnet de croquis d'enfant posé devant elle. La caméra zoome lentement sur ce geste : on y décèle une tendresse douloureuse.

Sur la couverture, on peut lire un prénom écrit d'une écriture enfantine tremblante : Léna, 9 ans. Claire observe un instant le carnet, comprenant qu'il renferme peut-être les premiers dessins d'une artiste en devenir.

— Claire : Ces dessins d'enfant, vous les avez gardés... Ils vous accompagnent encore aujourd'hui dans votre travail d'artiste ?

— Léna : Oui, je les ai précieusement conservés. (Elle ouvre le carnet avec précaution.) À l'intérieur, il y a des croquis maladroits de cette maison, de ma famille... À dix ans, après la mort de Papa, j'ai noirci des pages entières de dessins. C'était ma manière de m'exprimer quand les mots me manquaient.

La caméra s'attarde sur une page que Léna feuillette : on y voit le dessin au crayon d'une fillette en robe, debout sous un grand chêne, tenant la main d'un homme souriant. Un peu plus loin, d'autres dessins deviennent plus sombres : des silhouettes sans visage, des ombres noires sous un ciel orageux. Claire, en face, relève les yeux vers Léna. Le moment est venu d'aborder l'événement tragique qui a marqué cette enfance.

— Claire : Votre père, Pierre, a été assassiné quand vous aviez dix ans. C'était ici, à Dijon, si je ne me trompe pas... Comment une enfant de dix ans survit à un tel drame ?

Léna ne répond pas tout de suite. Elle fixe la photo de famille qu'elle tenait plus tôt. Sur l'image, le visage de son père rayonne de bonheur passé. Un frisson imperceptible traverse les épaules de la jeune femme.

La pièce semble retenir son souffle. Enfin, elle prend la parole, sa voix un peu voilée par l'émotion :

— Léna : On ne comprend pas vraiment, à dix ans, ce que mourir signifie. Je me rappelle le jour où on nous a annoncé que Papa ne rentrerait pas… (Sa gorge se serre, sa voix se fait plus basse.) Je me souviens du vide immense. La maison qui d'habitude résonnait de ses rires est devenue… une coquille.

Elle s'interrompt, les mots se bloquent un instant. Claire attend, patiente et solidaire, n'osant rien ajouter de plus.

Dans un coin du salon, un vieux pendule se contente de marquer les secondes d'un tic-tac assourdi. Léna reprend, en choisissant chaque mot avec soin :

— Léna : Tim, mon frère, et moi… on a d'abord vécu ça comme un cauchemar. Tim était un peu plus âgé – douze ans – et sa réaction a été la colère. Il en voulait au monde entier, à la terre entière, je crois. Moi, je me suis renfermée dans mon univers. Je dessinais sans cesse, pour ne pas oublier le visage de Papa, pour comprendre l'incompréhensible.

La caméra cadre un plan rapproché sur une photo posée sur le buffet derrière elle : deux enfants, un garçon et une fille, serrés l'un contre l'autre, yeux rougis mais unis dans l'épreuve. Léna jette un coup d'œil à cette image du passé, consciente que son histoire familiale est gravée dans chaque recoin de la maison.

— Claire : On dit souvent que le temps aide à guérir… Est-ce que cela a été vrai pour vous deux ?

— Léna : Le temps… (elle réfléchit, ses mains jointes.) Disons qu'il a fini par adoucir la douleur, oui. Mais guérir, je ne sais pas si c'est le mot. Tim a longtemps été en colère.

L'adolescence a été très difficile pour lui, pour nous. C'est la musique qui l'a sauvé. Il passait des nuits entières sur son piano, à composer des mélodies pour évacuer tout ce qu'il ressentait. Et moi, je dessinais jusqu'à l'aube. On avançait ensemble, chacun avec notre art pour bouée de sauvetage.

Un léger sourire attendri passe sur les lèvres de Léna à l'évocation de son frère. Son visage s'illumine, comme si une éclaircie traversait son univers sombre. Claire en profite pour poursuivre, d'une voix toujours aussi posée :

— Claire : Votre frère, Tim, est aujourd'hui musicien professionnel, et vous, vous êtes une artiste dont les œuvres connaissent un grand succès. On peut dire que votre histoire familiale a profondément inspiré vos créations à tous les deux…

— Léna : C'est vrai. Notre art est né de cette blessure. Toutes mes toiles, mes sculptures… quelque part, elles parlent de l'absence, de la perte et de l'espoir ténu qui reste.

Autour d'elle, la caméra montre quelques-unes de ses peintures accrochées aux murs du salon. On distingue des formes floues, des silhouettes d'enfants tenant des lanternes dans la nuit, des arbres sans feuilles sous un ciel étoilé. Un univers à la fois obscur et plein de poésie s'en dégage. Claire se lève et s'approche d'un grand tableau posé contre le mur.

On y voit la silhouette d'une petite fille qui avance dans un couloir sombre au bout duquel brille une faible lumière.

— Claire : Ce tableau, par exemple… Quelle est son histoire ?

— Léna : (Elle observe la toile avec Claire, ses yeux brillant d'une lueur émue.) Je l'ai peint l'année dernière. La petite fille qui avance, c'est moi. Le couloir sombre représente les années de silence, de questions sans réponse après la mort de Papa. Et la lumière au bout... c'est peut-être la vérité, ou le souvenir de lui, je ne sais pas. Je l'ai intitulé "L'Ombre de moi-même".

— Claire : "L'Ombre de moi-même". (Claire répète le titre avec une voix posée.) Cette vérité dont vous parlez... vous l'avez cherchée, n'est-ce pas ?

Léna acquiesce et retourne s'asseoir, suivie par la journaliste.

La caméra cadre un plan serré sur les mains de Léna qui se nouent et se dénouent nerveusement. On sent qu'un sujet délicat approche. Claire choisit ses mots avec précaution, consciente de raviver des souvenirs pénibles :

— Claire : L'enquête sur la mort de votre père a révélé une vérité difficile : le coupable était Philippe Minier, votre grand-père biologique... Comment avez-vous vécu cette révélation ?

Léna baisse les yeux. Ce nom, prononcé tout haut dans ce salon, semble alourdir l'air un instant. Philippe. Son grand-père biologique, un homme dont elle ignorait le rôle avant que la tragédie ne le mette en lumière.

Un frisson traverse Léna, qu'elle réprime en posant une main sur l'accoudoir du canapé, comme pour s'ancrer dans le présent.

— Léna : À dix ans, j'ai appris que le père de mon père était aussi son assassin. Je… Je crois que je n'ai pas compris tout de suite. Plus tard, en grandissant, j'ai saisi l'horreur de la situation : cet homme portait une part de mon sang, il faisait partie de ma famille, et pourtant…

Sa voix tremble, et elle s'arrête. Claire incline la tête en signe d'encouragement. (La journaliste garde le silence, offrant à Léna le temps de rassembler son courage pour continuer.) À travers la fenêtre, un rayon de soleil vient caresser le visage de l'artiste, révélant des larmes qu'elle contient avec dignité. Finalement, elle reprend :

— Léna : … et pourtant il a détruit notre famille. Je me souviens du procès. J'étais adolescente à l'époque. Quand j'ai vu cet homme à la barre, je me suis dit : "Il a le même nez que Papa" – c'est fou, non ?

Je cherchais désespérément un lien, quelque chose de compréhensible. Mais il n'y avait rien de rationnel dans son geste.

— Claire : Philippe Minier a été condamné à sept ans de prison, dont trois ans fermes sous bracelet électronique. Un verdict plutôt clément… Comment l'avez-vous ressenti à l'époque ?

Léna sourit amèrement. Ses doigts se crispent un instant sur le bras du fauteuil. On devine que la question la renvoie à un mélange d'indignation et d'impuissance adolescente.

— Léna : Sur le moment, je n'ai pas vraiment compris les nuances de la sentence. J'avais quoi… douze ans lors du verdict ? J'entendais "sept ans" et je me disais que c'était ridicule face à la perpétuité de notre chagrin à nous. Plus tard, j'ai compris qu'il était vieux, malade, que la justice avait ses raisons… Mais pour la fille que j'étais, c'était incompréhensible, injuste. Mon père, lui, ne reviendrait jamais.

Quelques secondes passent dans le salon après ces déclarations significatives. Claire hoche lentement la tête, comprenant la douleur toujours vive derrière les paroles mesurées de Léna. La journaliste prend une inspiration et enchaîne avec délicatesse :

— Claire : Vous avez fait un choix surprenant, des années plus tard : aller voir votre grand-père en prison. Une seule fois. Pourquoi avoir voulu le rencontrer ?

Le visage de Léna se ferme un peu, comme pour affronter une bourrasque intérieure. Elle observe la tasse de thé laissée devant elle, où le liquide est maintenant froid depuis longtemps. L'aveu est difficile, elle le formule d'une voix presque inaudible :

— Léna : C'était il y a une quinzaine d'année. J'avais dix-neuf ans. Depuis le procès, je n'avais plus jamais revu Philippe Minier. Je tentais de vivre avec son ombre. Mais quelque chose m'empêchait d'avancer pleinement… Je ressentais le besoin de le voir de mes propres yeux, de lui parler, ne serait-ce qu'une fois.

— Claire : Pour obtenir des réponses ? Ou pour lui accorder… une forme de pardon ?

À ce mot, pardon, Léna relève la tête. Elle échange un bref regard avec Claire. On y lit une détresse mêlée de détermination. Elle secoue la tête, réfutant l'hypothèse, puis explique, la voix étranglée par l'émotion :

— Léna : Je ne cherchais pas tant à lui pardonner qu'à me libérer moi-même. Je voulais voir cet homme diminué, loin du monstre de mes cauchemars d'enfant. Je l'ai trouvé dans une salle de visite, assis derrière une vitre. Il avait vieilli... Il semblait presque frêle. (Elle marque une pause, ses lèvres tremblantes.) Il m'a vue entrer sans me reconnaître d'abord. Alors je me suis présentée. J'ai dit : "Je suis Léna... la fille de Pierre."

Claire retient sa respiration, tout comme l'équipe derrière la caméra. Chaque mot de Léna est une image forte que l'on imagine sans peine : cette jeune femme faisant face au meurtrier de son père, qui est aussi son aïeul. Léna ferme un instant les paupières, revivant la scène.

— Léna : Il a détourné les yeux et n'a rien répondu pendant ce qui m'a semblé une éternité. Puis il a simplement dit : "Je suis désolé." Je l'observais, cet homme brisé... Et vous savez, je n'ai rien ressenti. Ni compassion, ni haine véritable. Juste un grand vide. Je lui ai répondu que ses mots ne ramèneraient pas Papa, qu'ils ne répareraient rien. Il s'est mis à pleurer.

— Claire : Que ressentiez-vous à cet instant ?

— Léna : De la fatigue. Une immense fatigue. Comme si toutes ces années à porter ma peine et ma colère s'évanouissaient d'un coup, ne laissant qu'un épuisement... réel. Je me suis levée et je suis partie avant la fin du temps de visite. Je ne l'ai jamais revu depuis.

La caméra capture le visage de Léna en gros plan. Une larme solitaire roule finalement sur sa joue, qu'elle essuie d'un revers de main, sans s'excuser de pleurer. Claire laisse à nouveau passer un moment. Autour d'elles, la lumière du jour a faibli, et une pénombre bleutée commence à envelopper les objets familiers. Le cheval en bois dessine une ombre démesurée sur le parquet. On entend le loquet du vieux frigo dans la cuisine voisine ou le lointain chant d'un oiseau nocturne – de petits bruits de la maison vivante.

— Claire : Cette histoire, votre histoire, a l'âpreté d'une tragédie. Et pourtant, en vous écoutant, on sent aussi une forme de résilience, de force tranquille... (Elle laisse ses mots flotter, puis pose la question qui brûle les lèvres de tous ceux qui connaissent le destin de Léna.) Est-ce que vous avez pu trouver la paix, avec le temps ? Est-ce que vous avez pardonné, Léna ?

La question reste en suspens. En réponse, un léger souffle s'échappe des lèvres de Léna, presque un rire nerveux, comme si la notion même de pardon lui échappait. Ses yeux se perdent un instant vers la fenêtre où l'on aperçoit le jardin plongé dans les dernières lueurs du crépuscule. Claire attend, immobile. La pièce entière semble figée dans l'instant qui dure. On devine que cette question est celle à laquelle Léna a le plus de mal à répondre.

Enfin, Léna tourne la tête vers la journaliste. Son visage est calme, mais ses yeux brillent d'un éclat trouble. Sa voix, quand elle parle, est un murmure rauque :

— Léna : Pardonner... Je ne sais pas. Honnêtement, je ne sais toujours pas si j'ai pardonné. Ce mot est trop grand pour moi.

Tout ce que je sais, c'est que j'ai arrêté de haïr. J'ai cessé de me définir par rapport à lui, à son acte.

— Claire : Ce n'est peut-être pas le pardon au sens strict... mais c'est une forme de délivrance que vous vous êtes accordée, non ?

Ses traits se détendent, comme soulagés par cette formulation. La caméra élargit le cadre : on voit Claire et Léna assises l'une en face de l'autre, silhouettes paisibles dans la pénombre grandissante du salon.

— Léna : Oui... on peut dire ça. Je me suis délivrée du poids de la vengeance ou de la rancœur. J'ai transformé tout ça en autre chose. En art, en amour pour mon frère, en volonté d'avancer.

— Claire : Votre art, vos proches... C'est là que vous puisez votre force ?

— Léna : Absolument. Tim et moi, on est plus unis que jamais. Il est là, dans ma vie, à chaque étape. Et ma mère, même si elle vit loin d'ici maintenant, on se parle souvent. Elle a refait sa vie, et je la comprends. Chacun guérit à sa manière. Moi, j'ai eu besoin de revenir ici, de dessiner ces murs, d'apprivoiser mes souvenirs.

Claire adresse un sourire empreint de respect à la jeune femme en face d'elle. L'émotion est palpable, partagée.

On sent que l'interview touche à sa fin, que toutes les questions essentielles ont été posées. Pourtant, Claire s'aventure encore à dire une dernière interrogation, presque comme un constat :

— Claire : Votre père serait fier de la femme que vous êtes devenue. Vous le savez, ça ?

Cette fois, un vrai sourire éclaire le visage de Léna, illuminant ses traits fatigués. Elle lève les yeux vers une photographie accrochée au-dessus de la cheminée : un homme brun tenant dans ses bras une fillette rieuse. L'image est baignée de reflets dorés par la lampe qui vient de s'allumer à demi-teinte.

— Léna : J'aime à le croire, oui.

Claire n'ajoute rien de plus. Léna fixe la photo de son père avec un léger sourire sur son visage. La caméra capture ce moment magique : l'artiste dans la maison de son enfance, entourée des ombres chéries de son passé, qui semble enfin en paix avec elles. L'image s'estompe lentement sur ce sourire tremblant de Léna, tandis que l'on devine dans ses yeux une larme qui ne coulera pas. L'interview se termine sur cette note intime, un moment d'émotion pure qui laisse le spectateur le cœur serré mais étrangement serein.

Remerciements

Je voudrais remercier ma team relecture :

Ma femme Angeline et ma grande Anaëlle pour la relecture du premier jet. Une aide importante pour moi ! Merci encore, je vous aime.

Mes sœurs, Nelly et Fanny, professeures des écoles, pour leur relecture du livre final et la correction des fautes (pas nombreuses ! Miracle !).

Vanessa pour la lecture du livre de référence.

Merci énormément à vous tous ! Merci pour vos retours avisés !

Merci à mon artiste de 10 ans, ma fille Elyne. Grâce à toi, ma couverture sera unique et aura un lien fort avec Léna de mon livre.

Et un dernier merci aux lecteurs qui vont le lire ! C'est mon dernier bébé. J'espère que vous verrez que j'y ai mis mon âme.